こころ維新

バスガイドは愛縁奇縁の人生旅行

開 さくら
Hiraki Sakura

たま出版

まえがき

51歳の誕生日を3日後に控えた日、私は東京上野公園を訪れ、51歳で亡くなった西郷さんの銅像の前に立っていました。

薩摩藩の下級武士の子として生を受けた西郷隆盛は、薩摩藩主の島津斉彬《なりあきら》に見出され、やがて明治維新という一大革命を成し遂げる原動力となって活躍しました。しかし、明治新政府に自分の役割を見出すことができず、征韓論決裂後、故郷に帰り、私学校を設立して武士の子弟の教育に当たりました。

間もなく西南戦争が勃発すると、否応なく渦中に引きずり込まれます。しかし、西郷は総帥《そうすい》としての象徴的な役割に徹し、作戦面には一切関与しませんでした。

「おいどんの身体は、おはんらにくれもそ（私の身体はお前たちに与えよう）」

と言って、すべては部下に一任していました。

圧倒的な兵力を持つ官軍（政府軍）を前に、1万3000人の西郷軍はひとたまりもなく敗れ、最後に残った３００余名とともに、ふるさと鹿児島の城山にたてこもります。そこに官軍の総攻撃が加えられ、西郷は最前線に赴く途中、左太ももと胸に流れ玉を受けてしまいます。そのとき、「万事尽きた」と悟った彼は、大地にひざまずいて東のほうはるかを見やり、衿を正し、両手を合わせて、天皇に今生のおいとまごいとお詫びをしたのでした。それから部下の別府晋介をかえりみて、

「晋どん、晋どん。もう、ここでよか」

という言葉を最後に、晋介の介添えを得て、命を絶ちました。西郷の遺訓は「敬天愛人」でしたが、この「晋どん、晋どん。もう、ここでよか」という言葉がいわば辞世の句ではなかったかと思います。時に西郷51歳（数え年）。戦闘終了後、西郷の首は、総指揮をとった山縣有朋の検分ののちに手厚く葬られました。

自分が中心になってつくった明治政府の手によって討たれ、「賊将」の汚名を着せられた西郷隆盛に対して、福沢諭吉はこんな感想を述べています。

「西郷の天皇を敬う気持ちやまじめな生き方は、昔も今も変わらないから、逆賊というのはおかしい。やり方は感心しないが、人々の幸せを考えない政府に対する抵抗の精神は大切にしなければいけない」

まえがき

西郷の遺訓「敬天愛人」は、「天を敬えば不義の行ないはなく、人を愛すれば非道はない」という意味を表します。この言葉は、18歳で郡方書役についたときに、上司であった薩摩藩郡奉行の迫田太次右衛門《さこだたじうえもん》に教えられたものでした。このとき西郷は、

「敬天愛人。なんとすばらしか言葉ぞ。あのような立派な奉行のもとで働けるとは、おいどんは幸せものだ」

と感激し、生涯この精神を貫いたのでした。

西郷の汚名が晴れたのは、戦死から12年後の1889年、憲法制定のときでした。憲法制定の祝いを機に、天下晴れて名誉回復が実現し、そのとき改めて「正三位《しょうさんみ》陸軍大将」の位を与えられたのです。銅像が上野の森に建てられたのは、それから9年後の1898年のことでした。

汚名は晴れたとはいえ、西郷さんはやはり無念だったと思います。

銅像の前に立って、西郷さんの姿を仰ぎ見ているうちに、

「晋どん、晋どん。もう、ここでよか」

という最期の言葉が迫ってきて、胸が熱くなりました。

「西郷さん、よくわかります。そのお気持ち……」

私は銅像に向かって、こころの中で叫んでいました。今の私の気持ちと通じるものを痛いほど感じたからです。

ガイドとして生きてきた30年を振り返り、このたびこのような本を上梓することになりました。私の「こころ」に一つの区切りをつけ、新たな気持ち（維新）で次の一歩を踏み出したいと考えたからです。本のタイトルにあえて「維新」という言葉を用いて『こころ維新』としたのは、新たな一歩を力強いものにしたいという私の決意のあらわれです。

「維新」とは「すべてが改まって新しくなること」（広辞苑）という意味ですが、明治維新を指して、単に「維新」と呼ぶこともあります。『こころ維新』というタイトルには、51歳でこの世を去った西郷隆盛の「志（こころ）」に少しでも近づきたいという思いも込めてあります。

この本では、バスガイドとしてこれまで見聞きし、体験したことなどをありのままに綴っています。この小書が、観光バス業界が置かれている困難な現状へのご理解と、ガイドとドライバーに対する世間の偏見や誤解を解く一助となれば、これ以上の喜びはありません。

◎目　次

第2章　パートナーも千鈞万魚《せんちゅうばんぎょ》——71

序章　花あり毒ありのガイド道

依然として存在する世間の誤解と偏見

「バスガイド」と聞いたら、みなさんはまずどんなことを連想しますか。

1　運転手さんとデキているんじゃないの？

2　（口がうまいでしょうから）、外交の仕事にも向いているのでは？

3　歌がお上手なんでしょうね。

4　ただで旅行ができるからいいですね。

このように思った方はいませんか。

たいていの方がこの四つの言葉を投げてきます。仕事柄、こういう要素も確かにあります。しかし、これほど偏見に満ちた言葉はありません。1は論外としても、2と3にしても〝付属〟の部分にすぎません。4に至っては反論さえ空しくなります。この仕事は旅行ではなく、業務なのです。遊び気分では業務は果たせません。

ガイド暦30年の私も、この30年間、どれだけこの四つの言葉に泣かされてきたかわかりません。表からは見えにくい、ガイドの真実の姿を見てほしいという悔し泣きです。

そういうわけで、私はガイドになりたての頃から、ビジネス以外の場では、「私の仕事はガイドです」と言うのを差し控えてきました。偏見の目で見られるのがイヤだからということもありますが、コンプレックスと躊躇《ちゅうちょ》があるからです。ガイドの仕事を愛し、この仕事に情熱も魅力も感じながら、人前で堂々と「ガイドです」と言えないのは情けないことです。

実は、私自身は一般の人々の予想に反して、これら四つのことがすべて苦手なのです。

1について言えば、運転士さん（ドライバー）はあくまでもビジネス共同体のパートナーと考えて仕事をしていますから、アバンチュールの相手と考えたくはありません。

2については、自分のステージ料（ギャラ）で生きてきた人間なので、外交勧誘で物を売る仕事には抵抗があり、とてもできません。ガイドは口がうまいので、口先三寸で言葉巧みに人をだませると思っている人がいること自体、残念であり、悲しいことです。

3については、一般に、「ガイドは知識なんかなくても、歌さえうまければできる」

「（歌がうまい）単純バカでもできる」という意識があるから、こういう偏見が生まれるのだと思います。すべてのガイドが歌がうまいとは限りません。私は下手だからこそ、その分、人の何倍も努力し、また知識を身につけ、視野を広げようと努めてきました。

4についても大きな誤解があると思います。旅行ではなく、あくまでも〝業務〟なのです。毎回違うお客様（出身地、職業、年齢、ご案内先等）を迎えるところから始まり、すべての旅程を終えてお見送りする最後の最後まで、まさに真剣勝負。頭の中はお客様のことでいっぱいで、旅を楽しむ余裕などまったくありません。業務を終えた頃には体力も神経もすり減り、疲労困ぱいして、口をきくのも辛いことさえあります。

それにしても、ガイドがこんな不当なレッテルを貼られ、勝手なモノサシで測られるのはどうしてでしょう。

原因は大きく分けて二つあると思います。一つは世間の偏見と無知、もう一つはガイド側の問題です。ガイド側の問題とは、文字通り、そうした誤解を受けても仕方がないようなガイドもいるということです。しかし、それはガイド全体からすればほんの一握りにすぎません。他のどんな職場においても見られる範囲を越えるものではありません。

それよりもガイドの問題で深刻なのは、仲間同士の誹謗と中傷合戦です。挨拶代わりにこれを繰り返している人がいる限り、それを耳にした人たちから、「ああ、これがガイドの世界か」と見下されても仕方がありません。

1～4のような偏見は、そんな空気の中で生まれ、育まれたのかもしれません。もちろん、ハッタリと誹謗と中傷合戦とは無縁で、自分の仕事に誇りを持ち、堂々と仕事をしているガイドもたくさんいます。というより、そういう人が大半です。

ガイドの世界は金魚すくいの繰り返し

私の人生も今年（平成19年）でちょうど半世紀を過ぎました。その半分以上をバスガイドとして生きてきました。さまざまなお客様との出会いにより、思い出の抽斗《ひきだし》も増えました。心ないお客様に涙したこともありましたが、今思えば吹けば飛ぶようなものです。何よりも心を痛めてきたのは、ガイドの世界の過酷さです。

バスガイドの世界は、金魚すくいの繰り返しのようです。人の足もとをすくって楽しむようなところがあります。花も毒もある世界です。

勝負には犬の勝負と猫の勝負があるといいますが、ガイドの世界はさしずめ猫の勝負でしょう。どんなに可愛がってくれた主に対しても、「あわや!」というときは爪を立てるのが猫ですから。

そんな世界に生きて、すべては修行と受け止めて、人間的に成長していくガイドもいれば、相も変わらず金魚すくいに明け暮れるガイドもいます。どちらを選択するかで、プロフェッショナルガイドになり得るか、年功だけに甘んじたイミテーションガイドとして終わるのか、結果は明らかです。

人の動向ばかりが気になるのは、コンプレックスの裏返しではないでしょうか。プロフェッショナルは自分に足りないところを理解し、それを淡々と目指すので、人の足もとをすくう暇などありません。しかし、プロフェッショナルガイドを目指していても、人の足もとをすくおうと虎視眈々《こしたんたん》と狙っている仲間がいれば、自己を貫き通すのは大変難しいのです。

傍《はた》から見れば滑稽に見えることもあるでしょう。そこをじっと耐えて、長い間それを貫き通していると、やがて周りから理解者が現れます。私もそんな経験をたくさんしてきました。

ガイドは夢売り職人

ガイドはよくスチュワーデス（現在は「客室乗務員」と呼ばれています）と比較されます。スチュワーデスが「粋人」なら、バスガイドは「夢売り職人」でしょうか。前者には〝花〟があり、後者には〝技〟があります。技は磨かなければ身につきません。そこでガイドは厳しい訓練を重ね、さまざまな知識を学び、学問的教養および人間としての教養を身につけます。

ガイドはスチュワーデスに比べて、ギャラも安く、学歴も低いため、世間の評価も低いのですが、得るものは、決してスチュワーデスに劣るものではありません。もし、スチュワーデスレベルの人がこの仕事を真剣に受け止めてやったら、飛行機の中で学べないものをたくさん学び、人間的にもより成長することができるでしょう。

私は東大に行くよりも、海外留学をするよりも、ガイドという仕事を何十年か経験するほうが、人間的にははるかに成長できると思っています。人生で何か見つけたい人、人間性を磨きたい人にはガイドになることをおすすめします。ホステスさんにも銀座のホステスと地方の場末のホステスがいるように、ガイドにもそれくらいの違いがあります。

それなのに、スチュワーデスより一歩も二歩も下に見られるのはどうしてでしょうか。それは単に美貌や教養の差ではなく、〝心構え〟の違いかもしれません。タレントの美輪明宏さんが、

「人を見るときは、見えるところより、見えないところを見よう」

と言っていましたが、無知と偏見にとらわれた人たちに、ガイドの見えない地道な姿を見せたいものです。

これぞガイド魂

ガイドは、お客様が宿入りされた後はエプロン姿にモップを持ち、清掃婦に徹する地味な働きもします。また、恥をかきたくない一心で、一睡もしないで案内文を暗記

し、自分を一歩抑えてステージに立ちます。それがガイド魂というものです。

そして、ラストのカーテンコールの割れんばかりの拍手こそが、最高のごほうびです。ガイド冥利に尽きるときです。しみわたる拍手を頂戴したときの喜びと達成感は、ガイドをつとめあげた者にしかわからないでしょう。そして、この喜びと達成感こそが、ガイド道一番の宝物といえましょう。試練に耐え、困難を乗り越え、重圧や孤独から這い上がっていくからこそ、人と人との出会いの意味の奥深さを自分のものにできるのです。

かくいう私が仕事に喜びを感じ、自分の技に誇りを持てるようになったのは、五十《いそ》路《じ》の声を聞いてからです。それからは一つひとつの仕事を「私だけの芸術作品」ととらえ、出逢いのドラマを演出する楽しみが出てきました。仕事が、苦痛から一転して楽しみに変わったのです。パンを得るため（生活を維持していくため）の仕事をしながら、仕事そのものが与えてくれるもう一つのパンの味（精神的な喜び）を味わえるようになったのです。

毎回お客様が違うように、ガイドという仕事は一度として同じものはなく、しかも波乱万丈です。自分のスピーチで喜んでいただくたびに、「ガイドをしていて良かった」と人生の喜びが湧き上がってくるのを感じます。

私のガイド暦も30年になります。これまで地元九州を中心に活動してきましたが、ガイド道30年といえども、まだまだ若輩者です。上には上の諸先輩方がおられます。私の仕事のスキル（技術）も、人間としての度量も十分ではなく、もっともっと学びが必要です。それは自分でも承知しています。

目線の高い殿方は、女性の魅力を感じるとき、ただ「若い」とか、「見た目がきれい」といった外見的なものではなく、その人の生き方からにじみ出る内面的な美しさを最重視するといいます。私もガイドの仕事を通して得た貴重な体験を宝物にして、これからも輝きながら満ちていきたいと思います。そして、たくさんの抽斗を持つ人間になりたいと願っています。

この業界はコンニャクみたい？

「この業界って、まるでコンニャクみたいね」

つい先日、大先輩のガイドが私に言いました。その先輩は、お若い頃は最大手のバス会社でガイド教育を務めた経験もあり、ガイドのすべてを知り尽くしていた大変聡明な方で、私も心から尊敬している先輩の一人です。

「ええっ？」

いきなりだったので、びっくりして聞き返すと、先輩は続けました。

「コンニャクって、どちらが表か裏かわからないでしょ。つかもうとすると、スルッとすべって、つかみどころがない。この業界も同じよ。次は何を言われるかわからない。何が本当で、何が偽りなのか……。また、限られた時間を有縁のお客様と過ごすけれど、それも二度と戻っては来ない。すべては川の流れのように過ぎていくだけ」

いささか虚無的ですが、彼女のいわんとすることはよくわかりました。

「目立たないように生きよ」「この業界はコンニャクみたいな世界であると認識して生きよ」といった言葉には、ガイドにしかわからない悲哀が込められています。こうした認識は、この業界を生き抜くための知恵であることは確かです。しかし、それではあまりに悲しすぎます。

私は中途半端な仕事はできないし、自分の仕事に対して、何が本当で何が偽りなのかと自問したこともありません。いつでも、どんな仕事に対しても、誠心誠意つとめてきました。お客様の評価やドライバーの評価がどうであれ、何よりも自分が自分に対して恥ずかしくない仕事ができたかどうか、そのことを大切にしてきました。

恐れるのは他人よりも、この自分自身です。たとえ生きる知恵とはいえ、私は自分をごまかしてまで中途半端な仕事はできません。それがガイドとしての私のプライドであり、人間としての生き方です。

ガイド人生は桜と似ている？

ふだんは目立たないような生き方をしていても、人間、コトに及んでは桜の花でありたいものです。桜はパッと咲いてパッと散ります。そして翌年には見事に咲き誇ります。私も潔い桜の花にあやかりたいと思っています。しかし、そのように生きるためには損切りも必要です。株の損切りと同じですね。

私はこれまで桜の花がそれほど好きではありませんでしたが、ある日、女優の野際陽子さんが、「年をとってから、桜を見ると、あと何回見られるかしらと考えるようになり、見るたびに感動するようになった」と言っているのを聞いて、桜に対する思いが変わりました。

　桜はガイド人生に似ています。花を咲かせないときは誰も見向きもしません。雨に打たれても、風に吹きちぎられても、「かわいそうに」と声をかけてくれる者もいません。長い冬をじっとこらえて春の来るのを待ち、パッと咲いてすぐに散る。注目を浴びるのは、ほんのわずかな間だけ。あとは忘れられてしまう運命にあります。

　ガイドもこれとまったく同じ。ふだんは目立たないように生きるのも一つの知恵なのです。

　あるガイドが私に言いました。

「良くも悪くも、絶対に目立たないことよ。上手でも目につくし、下手でも目につく。目につけば叩かれる。だから、目立たないようにして自分を守ることよ」

　真実をついていると思いました。この業界では中途半端に仕事をし、中途半端に生きるのが賢い生き方というわけです。中途半端なことができない私は、叩かれてばかりでした。

SとMが同居の仕事

かつてのバブリーな時代は、春の3カ月と秋の3カ月のトップシーズンでは、私のような外注ガイド（ガイド紹介所の紹介によって仕事を受けるガイド、およびフリーのガイド）は寝食を忘れ、家庭を忘れ、綱渡り的なスケジュールをクリアしていったものです。年間6カ月は休みのないことを楽しんでさえいました。あまりの忙しさに、ホテルで目覚めたとき、今自分がどこにいるのか、今日はどちらのバスに乗務しているのかと、しばし考えることもありました。

それも今はなつかしい思い出です。私もそういう時代は外注ガイドとして、たくさんのバス会社でお手伝いさせていただきましたが、必死で過密スケジュールをクリアしながら、しみじみと達成感を味わったものです。「良くも悪くも一家」の連帯感で、仕事仲間とも気持ちがつながっていました。

当時は、「仕事ください」といった言葉など必要ありませんでしたが、同時に「休みをください」なんてとても言えませんでした。それほど多忙で、「明日のガイドが見つからない」なんてザラでした。

外注ガイドはギャラだけで、基本給などありませんから、必死でがんばったのでしょう。

ところが、今のような時代ともなると、かつては「単なる1本の仕事」だったのが、「されど1本の仕事」と執着するようになり、自分の技や器はかえりみず、仕事の取り合い合戦です。競争が激しくなると、人を落とし込む言動や行動へとエスカレートしていきます。他人を蹴落としてまで自分がという貧しい精神が、卑劣な競争心を生むのでしょう。目が合ったら睨みつけるのではなく、にっこり微笑み返しをしたいものです。ガイド同士なのですから。

ガイド本来の仕事は、熱心にすればするほどわからないことが出てきて、自信がなくなる時があります。だから楽しいのかもしれません。また、ガイドの仕事の中には、常にS（サディズム＝加虐好き）とM（マゾヒズム＝自虐好き）が同居しています。苦しむことを楽しむような一面を持った仕事です。

一流のガイドを目指そうとするならば、常に現状に満足することなく、邁進していかなくてはなりません。

「自分はまだまだ」と思える自分。

これからがすべて始まりではないでしょうか。

外注ガイドは用心のための〝折りたたみ傘〟

バス会社は、いったん受けた仕事は絶対に穴を空けるわけにはいかないので、社員ガイドで手が足りないときに限っては、外注ガイドを利用します。外注ガイドはオーバーブッキングの際の補助要員（穴埋め要員）にすぎません。つまり、バス会社にとって、雨降り用心のためにバッグに忍ばせた〝折りたたみ傘〟にすぎないのです。

それでも景気が良かった頃は、そして現在のような格安ツアーがまだ一般化していなかった頃は、春と秋のトップシーズンだけで生活が成り立っていました。しかし、今は仕事が極端に減っている上にギャラも下がり（日当ポッキリ料金はザラ）、しかも同じ日にだけ仕事が集中する始末。いったん決まっていても、先方の都合で突然キャンセルされることもあります。前日であろうと、キャンセル料など一切なしです。おまけにいろいろな面で家族を犠牲にしなければなりません。

たとえば、ガイドは常に資料その他の重い荷物を持ち運ぶので、以前は最寄りの駅までのタクシーの使用を認められていましたが、それも早朝・深夜以外は禁止される例も少なくありません。そのため自腹で利用するか、協力してもらえる家族がいる場合は、車で送ってもらうことになります。何日も家を空けなければ成り立たない仕事である上に、こうしたことで家族の負担をさらに増やすことになるわけです。

銀座の有名なママが書いた本の中に、「銀座のママでもパトロン（経済的な援助をしてくれる人）なしではゴージャズな生活はできない。パトロンのいない（持たない）自分は、その分あらゆる工夫をしてできるだけコストダウンをはかり、一人でも多くのお客様に来ていただくよう努力している」というようなことが書かれていましたが、「パトロンなしでは生活していけない」という点では、外注ガイドも同じです。収入のクチを別に持っているか、あるいは親なり夫なりのパトロンがいるかでなければやっていけない仕事になりました。

パトロンのいない私は、この仕事だけでは生計を立てられないとわかっていても、家庭を犠牲にしてでも続けるしかありません。しかし、それももはや限界に来ています。

外注ガイドは、年間を通して、確実な収入を約束されているわけではなく、確実な稼働日数さえ約束されていません。悲しいかな、「都合のいいときのガイド」にしかすぎないのです。こんな水商売的仕事では、引退あるいはトラバーユする人が続出してもしかたがありません。

第1章　王道なしの人生勉強

1　人を見抜く洞察力が必要

仕事の醍醐味と役得

水中にすむ魚（生き物）には3万余の種類があって、千の釣り方があると言われています。陸上で生活する人間にもさまざまな人種がいて、文化や歴史、言語、宗教、習慣、考え方なども違います。それゆえ、人と人との付き合い方も〝千釣万魚〟ならぬ〝千釣万人〟の方法があると言えましょう。バスガイドの私も、仕事を通して千釣万人の方法を学ばせていただきました。

本来、バスガイドの仕事の醍醐味というのは、旅を通してさまざまな人と出会い、さまざまな価値観と心に触れ、そこから大いに学ぶことにあります。いろいろとシンドイこともありますが、こんなにすばらしい仕事はめったにないと私は思っています。〝人間〟というものを直に見せてもらえるからです。

議員さん、教師、神主、弁護士、医師、中小企業の社長さんなど、さまざまな職業の方たちのお供をしながら、その方たちの人間性、生き方、価値観などを見せてもらい、「人間ウォッチング（観察）」を通して、自らの学びにしていくことができます。

あるときは医者になったり、またあるときは役者になったり、教師になったりと、相手に応じて臨機応変、変幻自在に対応していく力も次第に養われていきます。その中で、瞬時に客を見抜く洞察力が身についていくのです。

一般の学校は授業料を払って勉強をしますが、私たちはギャラをいただきながら世の中の人が経験できないようなことを経験し、会えないような人とも会えます。これは役得といえるでしょう。さまざまな人々に触れ、その人たちをじっと観察しながら、我が身に置きかえていろいろなことを学び取っていくのです。万の人間に対して、千の釣り方を駆使して日々奮闘するわけです。

人間性に左右される表現力

たとえお客様から、「知識が豊富ですね」とか、「あれだけの話をよく覚えていますね」などと感心されても、ガイドの案内はシナリオの反復練習によって覚え込んだものにすぎません。お坊さんのお経のように体に染み込んでいるものなので、感心されるほどのものではないのです。

問題はそれをどう表現するか、つまり表現力が問われるのです。極端にいえば、同じシナリオでもガイドによってまったく違った印象になります。これを単に〝個性〟として片づけることはできません。なぜなら、シナリオにはガイドの思いや情感が全面的に投影されるからです。ガイドによって命が吹き込まれてこそ、聴く人の心をとらえることができるのです。

表現力はその人の人間性によって大きく左右されます。そういう意味でも、ガイドとしての技（スキル）を磨こうと思うなら、まず自らの人間性を磨く努力をする必要があります。

また、いくらシナリオを丸暗記しても、場数を踏まなければ、言葉はスラスラと出てきません。訓練を積んでくると、窓の外の景色を見ただけで、「ああ、このスピードだと終わらないいな」といったように体が覚えていきます。

前の日にいくら予定を立てて臨《のぞ》んでも、当日の交通状況が変わることも多く、役に立たない場合もありますが、それでもまったく予定を立てずに行くのは不安です。ガイドに要求されるのは、言葉はどこまで崩していいか、お客様とはどこまで親しくしていいか、案内の導入の部分で、どこまで聴かせて引きこむか。それにはどんな言葉を使えばいいかなど、お客様を見る洞察力です。なれなれしすぎても、ガチガチの堅物になってもいけないのです。

こういう時代ですから、外注ガイドの中には知識もないまま乗ってくる人もいます。間違ったことばかり言っている人もいます。ドライバーが怒りたくなる心境もわからないではありません。

一方、昨今のお客様はガイドにそれほどの知識を求めないのも確かです。きちんと案内していると、かえって「よくしゃべりますねぇ」などと呆れられることさえあります。「客を見て、法を説け」ということでしょうか。

臨機応変に対応できるようになって一人前

お客様を空港などに迎えに行くと、チラッとこちらの顔を見て、「ベテランのガイドさんで良かった」と言われることがあります。仕事をする前にそういうことを言われたら、年恰好を見て言っているだけなので、そこで舞い上がってはいけません。年をとっていても中身の伴わないガイドもたくさんいます。

私はお客様に「ベテランのガイドさんで良かった」と言われたときは、心の中で、「私のやり方を見た上で評価してください」と言いながら、ヒヤリとして、お客様の印象を裏切らないよう気持ちを引き締めます。

ガイドは3〜5年で一人前という人がいますが、そんな生易しいものではありません。何年、何十年とやっても、これで完璧とは決して言えない行き止まりのない仕事であり、ベテランという言葉にはなかなかたどり着けない仕事なのです。

案内のあるところはシナリオを語れば済みますが、難しいのは「間つなぎ」です。お客様に関係のあることや興味を示しそうなことを話すようにしなければ、たちまちそっぽを向かれてしまいます。

たとえば、関東のお客様に対しては、「関東はどちらですか」とお聞きし、「栃木です」と答えられれば、「そうですか。男体山、まだ雪がありますか」といったように、当意即妙に対応できなければなりません。そのためには常に新聞や本を読んで情報収集をしておく必要があります。私はすばらしい仕事仲間やお客様に触れたときは、その人の話にじっと耳を傾け、心を動かす言葉はメモをとるようにしてきました。

お客様の土地柄を見て、臨機応変に対応する

どんなお客様に対しても臨機応変に接するためには、出身地によって話題にしていけないタブーの話があることを知っておかなければなりません。たとえば、福島県の会津のお客様には薩摩や島津の話はできません。「島津のお殿様にはバカ殿はいない……」などと話したら、それこそ大変です。

一般知識のあるガイドなら、鹿児島では西郷隆盛の話と「特攻隊」の話に力を込めます。

「第二次世界大戦の発端となった真珠湾攻撃の訓練をしたのは桜島の上空でした。鹿児島市内を真珠湾に見立てて、何度も訓練したと言われています……」というくだりから始まり、特攻隊の遺書を綴っていきます。

しかし、この話は十数年くらい前までは沖縄のお客様にはタブーでした。その頃は

添乗員が、

「ガイドさん、すみませんが、あの話はしないようにお願いします」

と、前もってガイドに要請していました。今でも沖縄のお客様に対しては、戦争を美談として話すことは慎むようにしています。

このように、決められた案内をするにしても、そのときどきのお客様の土地柄を見て、臨機応変に対応するのもガイドのつとめなのです。

お客様によって成長させていただく

バブリーな時代のことですが、フルムーンのお客様のお伴をして九州一周したとき、こういうことがありました。ご夫婦で1週間50万円余りの超ゴージャズな旅でしたが、あいにく1週間のうち晴れた日は1日もなく、雨、曇り、小雪、みぞれといった悪天候続きでした。そのためブツブツ不平を漏らす方もいました。そんな中、あるご婦人がこう言われました。

「天気の悪いのはガイドさんに責任はないですよ。私は、旅は人生の縮図だと思います。長年、夫婦生活をしてきて、平坦な道も急な坂道もありました。また、晴れの日もどしゃ降りの日もありました。この旅で通ってきた道にしても、この天気にしても、すべて自分たちが歩んできた人生に再び巡り会っているんだという堪能のしかたもあるのではないですか。

私は主人と二人きりの旅は、新婚旅行以来初めてなんです。子供が小さいときは子供と一緒、そうこうするうちに主人が転勤、単身赴任を繰り返すようになり、会社に取られっぱなしでした。気がついたら定年を迎えていたという感じです。今回の旅券は、〝夫婦で旅を〟と会社からいただいたものです。やっと主人を取り戻せたので、私にとっては最高の旅です」

ご婦人の話に、他のご夫妻も、さっきまで不満をもらしていた方も静かに耳を傾けていました。ご婦人の心の底から湧き出た言葉は、何の衒《てら》いも飾りもないだけに、みんなの心を素直にとらえたのでしょう。

私自身もこのような言葉に接するたびに、心が浄化され、高められ、成長できる喜びを感じてきました。そして、「ああ、いい仕事だなあ」と、あらためて自分の仕事に感謝したものです。お客様によって成長させていただけるのも、この仕事の役得です。

もちろん、こんなすばらしいお客様ばかりではありません。「ガイドを雇うなら、若いのがいい」とか「ガイドを雇うくらいなら、夜の宴会のコンパニオンを一人増やしたほうがいい」などと平気でおっしゃる方もいます。中には、「25歳までのベテランガイドを」と要望されるお客様もいらっしゃいますが、甘過ぎます。

どんなにいやがらせを受けても、客とけんかをするわけにはいきません。そのあと仕事がしにくくなるのは自分ですから、そこは忍耐を学ぶ勉強と受け止め、グッとがまんします。しかし、客が悪い場合より、たまたまドライバーとの折り合いが悪い場合のほうが、はるかに辛く、空しいものなのです。

ガイドにも「禁句」がある

観光ガイドは日本全国の方のお伴をするので、個人の人間性だけでなく地域性も見えてきます。○○県の方はこういう傾向があるとか、△△市の方はどうだとか、良かれ悪しかれ、地域によって個性があります。そうしたことも熟知した上で接するのと、まったく知らずに接するのでは、仕事の質や内容にも大きな差が出てくるのは当然です。

仕事が決まり、バス会社から運行指令書を受け取ったとき、「そうか。こういう団体で、こういうコースを行かれるお客様なんだな」と、だいたいの予定を立てます。そして、いざお客様方が空港に降り立った瞬間、顔ぶれをサッと拝見し、この人たちにはどういう言葉から入っていけばいいのかをとっさに判断します。

くだけたお客様に最初から固い挨拶をすると、拒否反応を示されます。逆に固いお客様にくだけた言い方をすると、「頭の悪いガイドではないか」と思われかねません。瞬時にその場の空気を読み取り、それにふさわしい対応をしなければなりません。また、まったくジョークの通じないお客様の場合は、言葉を選んで話さなければなりません。些細なことで言いがかりをつけられたり、揚げ足を取られたりするからです。

何よりも大切なのは、事前にお客様の業種や地域を聞いておくことです。というのは、業界や地域によって、言ってはいけない禁句がたくさんあるからです。たとえば日産系列のお客様にトヨタの話はできません。知らなかっただけで、悪気はないんだからと笑い飛ばしてくれるお客様ばかりではないのです。「あのガイド、何なんだ」ということになり、旅全体が不快なものになりかねません。

ですから、お客様のお供をするときは、初対面の印象とは別に、何県のどういう職種の方々なのかを知っておく必要があります。お客様の年代や人数によっても、現地での時間の取り方も変わってくるし、お み足の悪い方がいれば、多少長めに取ってあげなくてはならないからです。

しかし、こうした細やかな配慮も、現在のような格安ツアーでは難しくなっています。最低1時間は必要なところでも45分くらいしか取っていないので、勢いお客様を急がせることになります。それでも間に合わないときは、スピードをあげたり、時間をはしょったりしなければなりません。

というのも、格安ツアーがもってきたコースそのものが、もともとテンコ盛りである上に、かなりの回り道であっても入場料のかからない観光地をコースに入れ込んだりするため、時間内にこなすには、そうするほかないのです。

そうなると必然的にお客様への気配りまで手が回らなくなります。その結果、お客様からは、「疲れた」「きつい」「こんなハードな旅行なんて……」といった不平不満が出ることになるわけです。

2　ガイドの仕事に王道なし

人の長所を見つけて手本とすべし

ガイドの世界では、同じバスに乗って仲間のガイドの仕事ぶりを見る機会はまったくといっていいほどありません。それなのに、「あの人は下手だ」とか、「あの人は手抜きをする」とか、まるで見てきたように話している人がいます。

自分がギャラを払っているわけでもないのに、顔をしかめ、まるで鬼の首を取ったように得意満面で仲間を評価している姿は、傍から見ていて滑稽です。

そういうガイドは、常に人のことが気になるあまり、ドライバーに誘い水をかけて、他のガイドの仕事ぶりを探り出すのが得意です。ちょっとした悪口でも聞けば、ここぞとばかりに吹聴し、反対にほめ言葉を聞けば、あらさがしにかかります。どちらにせよ、難クセをつけなければおさまらないようです。

しかし、冷静に考えてみてください。ステージに立つガイドを評価するのは誰でもありません。お客様なのです。その場にいなかった者が人を評価できるわけもなく、する必要もないのです。仮に短所を耳にしたならば真似をしないようにし、長所を聞いたならば盗めばいいことです。

そんなことより、ガイドの仕事には王道がないと考えたほうがいいでしょう。テキパキと仕事をこなし、お客様にはきちんと応対したつもりでも、「すばらしいガイド」と受け取ってもらえるとは限りません。「言語道断のガイド」と受け取られることもあります。

さまざまな客がいるように、その人たちから見たガイドの評価もさまざまなのです。必ずしも優秀なガイドが「良いガイド」と評価されるわけではなく、優秀というにはほど遠いガイドが、どういうわけか客に評価されることもあるのです。

この矛盾をクリアするためには、人の短所を見つけるのに躍起となるのではなく、長所を見つけてお手本としたほうが賢いと思います。

日々学びと魂磨きのガイド業

お客様の中には、ちょっとした案内をしても、「あんたは最高のガイドや」とか、「ガイドさんって、すごいですね。まるでコンピューターみたい」とほめてくださる方がいます。それは私だけでなく、ガイドであれば大なり小なり誰もがいただく言葉です。ありがたいと思いながらも、私はそんな言葉が重荷で仕方がありませんでした。

しかし、自分では「最高によくできた」と思っていても、お客様によって評価がまちまちということもあります。極端な場合、１００点満点の仕事をしたつもりでも、20点くらいの評価しかいただけないこともあります。そういうときは、どこに問題があったのか素直に反省し、そこでの気づきを次に活かすようにしなければ進歩がありません。

よく、「プロのガイドとは」とか、「プロのガイドになるための○カ条」いった能書きを言う人を見かけますが、私は「そんなものはない」と思っています。ガイドの仕事は、パンフレットに書かれているような、表層的で通りいっぺんの言葉では言い表せないからです。

プロのガイドには、空港でお客様をお迎えした瞬間、どういう客層であるか、どのように接していけばいいのかなど、多くの重要なことをとっさに見きわめられる「風を読む〝勘〟」のようなものが要求されます。それは一朝一夕で身に付くものではなく、汗と涙によって培われていくものです。決して促成栽培ではできない仕事なのです。

ガイドは日々が学びであり、現場は魂磨きの道場そのものです。ベテランになればなるほど自分に欠けているところが見えてくるので、いっそう精進するようになります。しかし、中途半端で満足しているガイドは、お客様のリップサービスに舞い上がり、自分は優秀なガイドだと思い込んでしまって、精進しなくなります。そうなったらガイドとしても人間としても、成長はそこでストップしてしまいます。

ガイドという仕事を10年以上続けたら、いやでも人間を見る目が養われ、人間的にも成長することができるのではないかと思います。それは何ものにも替えがたい財産です。しかし、10年、20年とガイドをしていても、そこから学び取ろうという気持ちがなければ、何の学びも成長もありません。最近は、そういうガイドも少なくないようです。

オンリーワンを目指せ

年功組のガイドの中には、〝自称ベテラン〟という呼称に酔いしれていて、挨拶一つまともにできない人もいます。外注ガイドがくると、「私（のようなベテラン）がいるのに、なんで外注ガイドなんか……」といった顔をし、こちらが、「はじめまして、○○です。よろしくお願いします」と挨拶しても、まともに応じることができないのです。まるで本質が見えていないのです。ここまでなったガイドは観光音痴にすぎません。周囲の者は、後が煩わしいからチャホヤしているだけなのです。

年功だけの自称ベテランもいれば、若くても人から認知されたベテランもいます。ガイドたるもの、人々との出会いを通して学び、それを次なる飛躍のための踏み台として、プロフェッショナルを目指したいものです。技を身につけて、その技でしっかり生計が立てられるようになって、はじめてプロフェッショナルといえます。

芸能人もみなカラー（個性）が違うように、ガイドも一人ひとり違っていて良いと思います。私自身は、熾烈《しれつ》な競争をしてベストワンになるよりも、オンリーワンになって、多くの人を喜ばせることができるガイドになりたいと思っています。

先ほども述べましたように、バーゲン旅行旺盛の今日、「社員」というかたちを持たないフリーのガイド（外注ガイド）は、非常に生計が立てにくくなっています。どんなに力量があっても、どんなに経験豊かであっても、生計が立てられなければ引退の道を選ぶしかありません。

バス会社にガイド（社員ガイド）が少なくなれば、トップシーズンだけに限っては、どうしても外注ガイドが必要になります。そういう中で、ガイドの基本教育さえ受けていない人たちが外注ガイドとして乗務してくることもあり得るのです。ひと昔だったら考えられないことですが、今やこういうこともやむを得ない時代となりました。

ここまでギャラが低下している現状を思えば、そういう人たちを全面的に否定することもできませんが、やはり最低でもガイドの基本教育くらい受けておくべきでしょう。基本教育を受けたか受けなかったかで、表現力や立ち居振る舞いなどに大きな差が出てきます。そして、それはそのままお客様の満足度にも反映されます。

ライバルは仲間ではなく同業他社

ドライバーやガイドの中には、勝手な思惑だけで行動する人や、手前味噌の考え方しかできない人がたまにいます。日々、さまざまなお客様に接し、多くの学びをさせていただいているにもかかわらず、何年たっても向上しないのはもったいないと思います。

現代人は昔の人に比べて人間性が薄らいできた、というようなことをよく聞きますが、この業界は特にそれが顕著なような気がします。人間性という財産をなくしてしまったら、人間おしまいです。ここでは「品格」とか「人格」といった言葉が死語になりつつあるようです。

一方、噂話が好きなことでは他の業界の追随を許しません。出張先では乗務員同士が政治や経済の話などすることは、ほとんどありません。たまに「あそこに新しい道路ができたのね」といった会話が出ることはあっても、すぐに行き止まり、「実は○○さんはね……」といった噂話に切り替わり、しかもとどまるところを知りません。

「口は災いのもと」

「言わぬが花」
「人の口に戸は立てられない」
という諺がありますが、本人のいないところでささやく噂話は不毛です。人間性の向上につながるものは何もありません。こんなわかりきったことが理解できないとは、まったく嘆かわしい限りです。さらに携帯電話の時代ともなれば、その場にいない人にまで、いま盛り上がっている話を流していきます。言った、言わないで火花が散る戦国の世は終わりそうもありません。

リゾート再生仕掛け人の星野佳路《よしみち》氏は、山梨、長野、福島、北海道などの破綻したホテルや旅館をみごとに復活させてきた達人です。彼はすべて、「人を動かし教育する」ことによって成功しています。

星野さんは破綻したホテルや旅館の社員に対して、「休憩室で愚痴や悪口を言うくらいなら、言いたいことは言いたい人に直接言ってほしい」と指導するそうです。「主役は社員である君たちだ」と気づかせることで、つまり社員の意識改革をすることで、再生に向けての意欲をかき立てるというわけです。

この例が示しているように、ライバルは決して仲間ではなく同業他社なのです。社員同士が足を引っ張り合い、つぶし合うような会社は、いずれ社員と同じ運命をたどることになるでしょう。会社を支えているのは一人ひとりの社員です。その社員が仲間同士でいがみ合っているようでは、会社という組織はもろくも崩れ去るしかありません。

3　人間教育にひと言

一番大切なのは情操教育

ガイド教育は「暗記」をメインにしているところがあります。確かに、与えられたシナリオをきちんと覚えなければ仕事になりませんが、なにもマニュアルを教え込むだけがガイド教育ではないと思います。

ガイド教官の資質についていえば、ガイドマニュアルを上手に教えられるのが優秀な教官というのではなく、要は人間教育がどれだけできるかだと思います。暗記のしかたの指導なら、どんな教官にでもできます。ガイド教育にもっとも要求されるものは、そして一番大切なものは「情操教育」ではないでしょうか。

以前、私がフリー契約をしていたバス会社は、ガイド教育においてもとても厳しいところでした。身だしなみ一つとっても、たとえば、派手な化粧や毛染めなどは禁止していました。また、髪が肩につく長さならゴムで一つに結ばなければなりませんでした。

私は肩すれすれの長さでしたから、この会社の仕事の折は、自発的に結ぶようにしていました。それが、前の晩、ホテルで入浴のときにゴムを流してしまい、結ばないで乗務したことがありました。そのとき、たまたまガイドの教官が乗られていたガイド研修車とスライドしたらしいのです。私は後ろ向きで案内をしていますから、スライドに気づきませんでした。

数日後、その教官は私に対して、

「あなたは○日の日に髪を結んでなかったですね」

と直接注意して、

「あなたのことは所長にも一応報告しておきましたから」

と耳打ちしたのです。もちろん、この前日、所長から注意を受けておりましたが、この時、原因といきさつが自分でもハッキリ見えました。そして、

「私は水晶玉を持っているから、あなたがやっていることはすべてお見通しですからね」

と念押しすることも忘れませんでした。

私はこの言葉に大変ショックを受け、すっかり落ち込んでしまいました。その教官は長年にわたりガイド指導をなさる方で、私も尊敬の念を抱いておりました。言葉を花束にして売る仕事のプロ中のプロの口から、どうしてこんな言葉が出たのか今もわかりません。ともあれ、ことばは難しいものです。使い方によっては鋭い剣にも、温かいミルクにもなります。まさに両刃の剣です。

また、水晶玉というのは、人の運気を上げたり喜ばせたりするものであり、人の行動を監視し、失敗を見つけるためのものではありません。それをあえて持ち出したということはどういうことなのだろうと、教官の真意を測りかねていました。

それともう一つ。私は電話１本で仕事を受けるフリー契約のガイドであり、その会社の教育方針など何も教えられていません。所詮、〝よそ者〟にすぎず、しかも穴埋め

役のフリー契約ガイドなのです。社員ガイドが足りない時に限り依頼を受けるガイドが、穴を埋めたあげくに、なぜここまで要求されなければならないのか。ましてや契約書には髪型のことも化粧についても何も書かれていないのに、どうしてここまで言われなければならないのか。それが腑に落ちなかったのです。

似たような〝チクリ〟的なことは他にも多々ありましたから、つくづく因果な仕事だと、そのときほど我が身を悲しく思ったことはありませんでした。こんな気持ちになるのは、私が人間形成において未熟なためかもしれない……。

私に情操教育の本当の意味を教えてくれた人

私は髪をバッサリと切り落とし、一人悶々とした日々を送っていました。しかし、考えれば考えるほど出口が見つからなくなり、さらに悩むという空回りを繰り返していました。同じ業界の人に悩みを打ち明けても、ただの噂話として片づけられ、しかも尾ひれがついて広まるだけなので、違う業界の人に解答を求めたいと思いました。

そこで、東京を拠点に事業を展開しておられるとある会社の会長さんに相談することにしました。以前から私がメンター（良き助言者）と考えている方です。いつも的確な答えをくださっているその会長さんは「生涯、勤労学徒」を自認され、若い人の教育にも並々ならぬ情熱を注いでおられ、特に「教育」については一家言をもっておられました。経済界で活躍されている会長が、どのような答えを出されるのかうかがってみたかったのです。

「私はこういうことで悩んでいます」と、それまでのいきさつを詳細にお話しし、「こんなことで悩むのは、私が人間的に未熟だからでしょうか」と聞いてみました。

会長は私の話にじっと耳を傾けておられましたが、やがて次のように言われました。

「教育の場に水晶玉といった言葉を持ち込むのはどうかと思う。というより、少なくとも人の上に立って教育をしようとする者の取るべき態度ではないと思う。第一、その教官は要求が多すぎるようだ。教育＝教えることと捉えられがちだが、教えるのは知識を持っている者であれば誰にでもできる。しかし、〝教える〟ことと〝育てる〟ことは別物なんだ。育てるためには辛抱強い愛情が欠かせないからだ。真の教育者とは、相手のどのような成長を期待し、どのような言葉かけをすればいいのかを知っている人だ」

さすが広い世界で仕事をしている人だけあって、その言葉には力があります。お釈迦様でも、〝無くて七癖〟や欠点をチェックせず、自ら気づかせるようになさったそうです。

会長のお話を聞きながら、ふと小出義雄監督のことを思い出しました。マラソンの有森裕子選手、鈴木博美選手、高橋尚子選手らを育てた名監督です。監督の著書『Qちゃん金メダルをありがとう』（扶桑社）の中に、「人には必ずいいところがあるんです。まずそこをほめてやる。早く心を開かせるのが指導の近道です」、「けなすよりほめろ。けなしつづけることから信頼関係は生まれない」という言葉があります。本当にその通りだと思います。

けなすだけでほめることのできない人はかわいそうな人だと思います。小出義雄監督をはじめ、良き教育者は、百回叱咤して萎縮させるよりも、1回ほめて大きく育ててあげるほうが、はるかに高い教育効果が期待できるということを熟知しているのですね。

会長は、最後に次のようなアドバイスをしてくれました。

「スポーツ選手の強化育成や一流企業の人材育成に専門のコーチがついているように、

人を育てるためにはその道の専門家（つまり真の意味でのコーチ）が必要だ。そんな専門家（コーチ）を養成する『コーチング』というコミュニケーション技術があり、それを指導しているところがある。いい機会だから、あなたも学んでみるといい」

そういう技術があることを知ったのも驚きでした。とても興味をひかれたので、私もぜひ学びたいと思いました。とはいえ、九州から東京に出て一定期間の学びをするためには、それなりのお金も時間も必要でしたから、私の場合、今すぐというわけにはいきませんでした。

1年後、「コーチング」の学びを受ける

それからちょうど1年後、念願叶ってコーチングの学びを受ける機会に恵まれました。あのときガイド指導の教官に厳しく注意をうながされたことが、図らずもこういう形で実を結ぶことになったのも、考えてみれば不思議です。

コーチングの「コーチ（coach）」は、もともとは「馬車」という意味ですが、そこから派生して、「大切な人を、その人が望むところまで送り届ける」という意味を表す

ようになり、さまざまな分野で使われるようになったといいます。

コーチングを簡潔に説明するのは難しいのですが、気づきとやる気が表裏一体となっているところや、単なる技術ではなく「人間力」が要求される点が大きな特色のようです。

ですから、口先だけでコーチングをやっているコーチはすぐにメッキがはがれてしまいます。コーチ自身が精一杯人生を切り拓いてきて、その中で培ってきた「洞察力」を持っているというのでなくては、とても他人の伴走者になることなどできないからです。

その意味では、コーチは私たちガイドと共通するところがたくさんあると思いました。コーチングには、その人（コーチ）の全人格が反映されるので、コーチの人間性や人間力以上のコーチングはできません。言いかえるならば、コーチの人間性や人間力の範囲内のコーチングしかできないということになるのではないでしょうか。

コーチングを学んでいて気づいたのは、この学びの大きなポイントは、「人の話を聴く」ことと「いろいろな質問をし、その中からいろいろな気づきを得る」という2つの点に尽きることです。

講座を受けている間、私はもっぱら「人の話を聴くこと」に徹し、リーダーの話や他の受講生の話にじっと耳を傾けていました。「話すこと」を売りにしてきた私が、このときばかりは「沈黙」に徹し、ひたすらリーダーの言葉と動きを食い入るように見ていたのです。

私が黙ってばかりいるのを心配して、リーダーが、

「さくらさん、自分を出してください」

と促すこともありました。しかし、私は口をつぐんだまま、リーダーや他の受講生の動きと言葉を観察し、自分の内から湧き出るさまざまな思いを感じ取っていました。

全講座116時間にわたる沈黙の時間は、いろいろな意味で私に大きな気づきを与えてくれました。まさに116時間の〝沈黙は金なり〟でした。同時に、現在の日本の一流企業や一部上場企業などが、人材教育のためにコーチングを導入しているという意味もよくわかりました。

一つ言えることは、私がそれまでガイドという仕事をやってきたからこそコーチングがよく理解できたし、同時にさまざまな疑問からも脱皮できたことです。もしガイドをしていなかったら、116時間の中身はまったく別のものになっていたでしょう。

The Coaches Training Institute

Has successfully completed 116 hours of

Coaching Training

in

Fundamentals of Co-Active Coaching,
Fulfillment, Balance, Process &
Coaching In the Bones

ICF Accredited Coach Training Program, ACTP

Takeshi Shimamura
President, CTI Japan

February 25, 2007
Date

コーチングの修了証書

私にこうした機会を与えてくださった人生の師ともいうべき会長に、改めて心から感謝の意を表したいと思います。

心にしみた山本五十六の言葉

51歳の誕生日に１１６時間の学びを無事終えることができました。翌日、東京をたつ前、会長に、学びが修了した報告をすると、「それはよかった」と喜んでくださり、次のような山本五十六の言葉を示されました。

やってみて
言ってきかせて　させてみて
ほめてやらねば　人は動かじ

今の私は、この言葉の意味がよく理解できます。
会長は言われました。

「教育者と呼ばれる人すべてに、この言葉をかみしめてもらいたいと思う。人は気持ちがやさしくなると、こうした言葉の意味合いがよくわかるようになるものだ。同時に、人にやさしくなれる自分にも嬉しくなるものだよ」

〝生涯、勤労学徒〟を自認されている会長ですが、「今も勉強中」という言葉を口ぐせのようにおっしゃっていた人物がほかにもいます。国際的にも有名な黒澤明監督です。

磁器の積み出し港として世界に知られる佐賀県伊万里市に、黒澤監督記念館「サテライトスタジオ」があり、私たちガイドは佐賀県の観光のときは必ず紹介しています。昭和60年に黒澤監督第27作目の作品「乱」のロケが、鎮西町の名護屋城址で行なわれた折、伊万里の自然の風景や伊万里港に沈む夕日が大変気に入ったという監督は、撮影の合間に訪れては楽しんでいました。そんな監督の決まり文句が「今も勉強中」だったのです。目線は高く、姿勢は低く、の指針で大きく生きられた人でした。

机上の訓練を終えると、いよいよ本番

話が横道にそれてしまったので戻します。

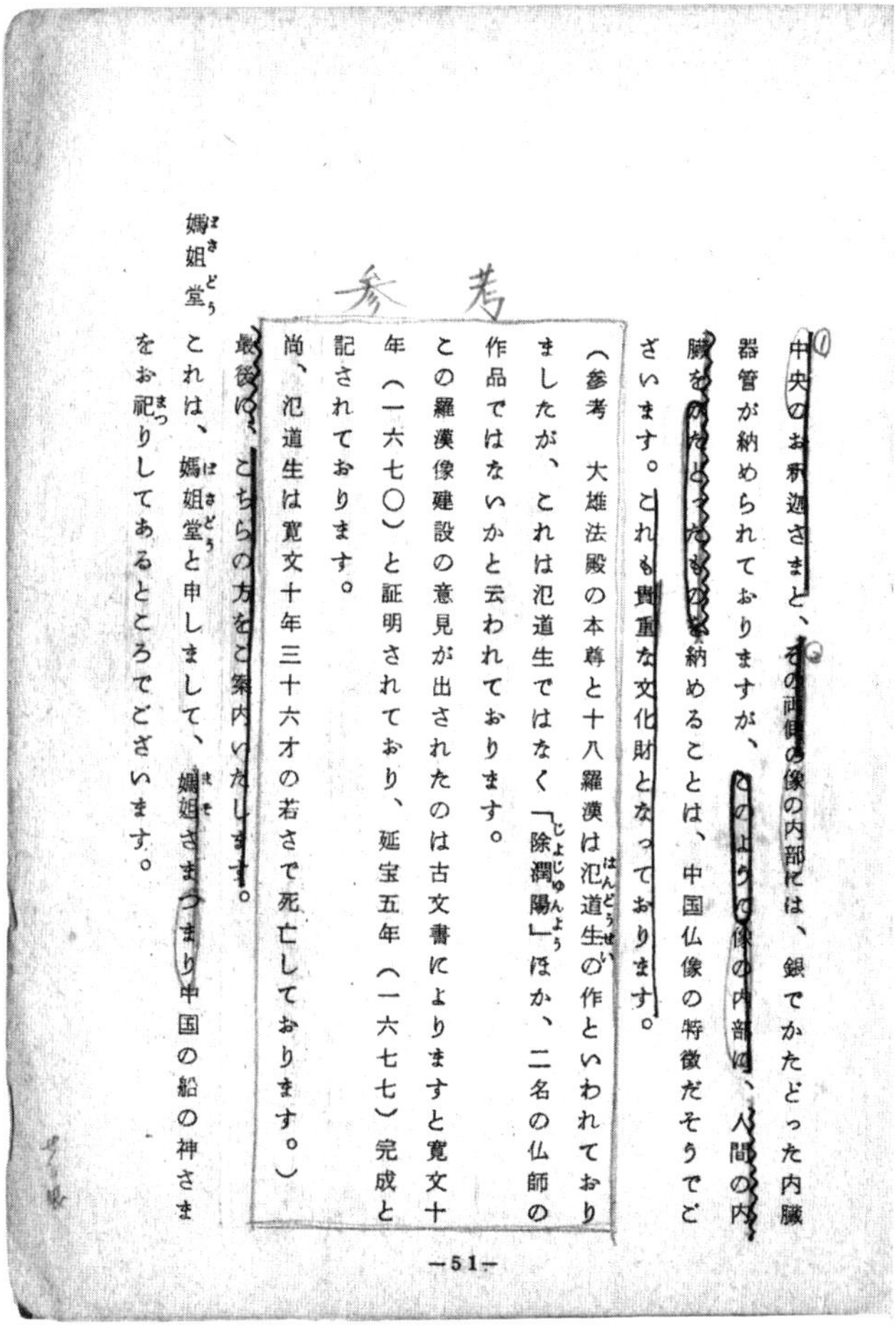

中央のお釈迦さまと、その両側の像の内部には、銀でかたどった内臓器管が納められておりますが、このように像の内部に、人間の内臓をかたどったものを納めることは、中国仏像の特徴だそうでございます。これも貴重な文化財となっております。

参考

（参考　大雄法殿の本尊と十八羅漢は汎道生《はんどうせい》の作といわれておりましたが、これは汎道生ではなく「除潤陽《じょじゅんよう》」ほか、二名の仏師の作品ではないかと云われております。
この羅漢像建設の意見が出されたのは古文書によりますと寛文十年（一六七〇）と証明されており、延宝五年（一六七七）完成と記されております。
尚、汎道生は寛文十年三十六才の若さで死亡しております。）

最後に、こちらの方をご案内いたします。

媽姐堂《まきどう》

これは、媽姐堂《はさどう》と申しまして、媽姐《まそ》さまつまり中国の船の神さまをお祀《まつ》りしてあるところでございます。

—51—

シナリオの本

さて、シナリオの暗記がマスターできたら、晴れのステージに立っての訓練です。それまで教室で暗記してきたことを、いよいよマイクを持って実際に話す訓練です。教室で机の上で学んだことは、マニュアルでしかありません。動くバスに乗ってこそ、体で仕事を覚えることができます。俳優さんは台詞を覚えたら舞台稽古にかかりますが、ガイドの仕事と通じるものがあります。

その訓練も終えると、いよいよ本番です。はじめは先輩（トップチーフ）が1号車に、ホヤホヤの新米ガイドが2号車に、最後尾にも先輩（バックチーフ）が乗って、新人は先輩たちに挟まれるかたちでの乗務が始まります。そうした訓練の中では、地元の郷土史家のような人が、（机上で）「観光とはこういうものだ」と理論的に講義してくれることもありました。

ガイドは基本的に一人舞台ですから、ドライバーに「あの先輩のこの話はいいよ」と教えてもらっても、バスに乗り込んでその仕事振りを見たり、技を盗んだりすることはできません。女優は先輩の舞台を見に入って芸を磨くことができますが、ガイドにはそれができないのです。また、ベテランの先輩というのは、自分の努力の結晶である十八番は絶対に教えません。

幸いなことに私が教育を受けたバス会社は、三泊四日の旅行の間、10年以上の先輩をモデルに付けてくれました。そのとき初めてベテランガイドのステージを見ることができ、感動したことを覚えています。顔の表情などよく見るために、お客様にお断りをして後ろの席に坐り、先輩の一挙手一動を観察させてもらったのですが、お客様との当意即妙の受け答えなど、経験を積んだ者でしかできない技だと感心させられました。先輩のステージを見るのは、それが最初で最後でしたが、得ることが多く、大変貴重な体験でした。

本格的な乗務は一級ガイドの辞令をもらってから

そういう訓練も終わると、まずは定期観光や市内観光便に乗って、マニュアル通りの〝体慣らし〟の実地教育を1年間くらい受けます。本格的な乗務は2年目に一級ガイドの辞令をもらってからになります。

最初は地元の小中生の修学旅行や酔っ払いさんの温泉旅行などから始め、徐々にいろいろなお客様のお供をさせてもらえるようになります。バスに乗って毎回違うお客様を相手に仕事をしていると、だんだん自信もついてきます。

お客様の動向を見きわめられるようになるまで実地訓練を重ね、一方で教育も受けながら、準備ができた段階で専任ガイドの試験を受けます。私も21歳のときに試験にパスして、専任ガイドの辞令をいただくことができました。専任ガイドになって、ようやく県外からお越しになるお客様の観光ガイドとしてデビューできるのです。しかし、試験に受かったからといっても、ほとんどは県外からのお客様といえども、修学旅行からのスタートでした。

今の修学旅行は生徒の自主行動にまかせきりのところが多いのですが、昔の修学旅行は引率の先生が1日中つきっきりで、ガイドの案内に加えて、旅のしおりを見ながら、その土地の歴史や文化などを一生けんめい教え、生徒も真剣に聴いていました。まさに〝修学〟の旅でした。

旅の終わりには、名残り惜しさにガイドに抱きついて、泣きじゃくる生徒も少なくありませんでした。それだけお互いの心が通い合い、一体化していたのだと思います。

当時は修学旅行で知り合った学生さんと文通のすえ、結婚したガイドさんもいたくらいです。二十歳《はたち》前後の新人が乗っていたので、年齢差もあまりなかったこともあるのでしょう。結婚まで至らなくても、就職して初任給をもらうと、会いに来る生徒もいました。お客様とのそんなほのぼのとした交流があったので、辛い時代を乗り越えられたのかもしれません。

3年間、恋はご法度

重要な観光スポットについては、それぞれマニュアルがあり、ご案内する際にはそれに添って説明しなければなりません。修業時代の3年間くらいは、きれいな文章で書かれたシナリオを忠実に暗記し、自分では一字一句の付け足しや省略もしないで用いました。「余計なことは一切つけ加えないように」と厳しく言われていたからです。まず、基本のシナリオをきちんとマスターし、自分流に味付けするのはそのあとというわけです。

読点、句読点なども意識しながらお話しすると、当然スピードはゆっくりになります。私の場合、修業時代に厳しく鍛えられてきたので、今でもゆっくりしゃべるクセがついています。お客様には自分が納得したことをお話ししたいと思うと、話すスピードも自ずとゆっくりになります。

最近ではゆっくり話せるガイドがめっきり減っているようです。自分が納得しないまま、丸暗記したものをそのまましゃべっていると、お客様も納得できないはずです。

「3年間、恋はしないように」

昔は、修業をはじめた頃、ガイドは必ずこう言われました。それに対して、「仕事は仕事、恋は恋。私生活に口出ししないで」と反発する新米ガイドもいたかもしれませんが、素直に、「恋をする暇があったらシナリオを暗記し、仕事に没頭しなさい。でなければ一人前になれませんよ」という諭《さと》しとして受け止め、ひたすらがんばりました。

厖大《ぼうだい》な量のシナリオを暗記しなければならないのです。まともに取り組んでいたら、恋をする余裕などありません。

しかし、「石の上にも3年」という格言があるように、それを数年やっていると、やがて自らの血肉となり、自分流に表現できるようになります。お酒やワインが熟成するように、シナリオが自分の中で熟成し、自分の言葉として出てくるのです。当然ながら、同じシナリオでも、ガイドによって聴かせ方がまったくといっていいほど違ってきます。また、そうなって初めてプロのガイドと言えるでしょう。

私はワインの味わいと生き様が好きです。ワインは樽の中で血の出るような修行をして命を得ます。しかしながら、すべてが熟成するとは限りません。思わぬ細菌が入って、酸敗することもあります。私は酸敗することなく熟成したワインになりたいと願ったものです。真なるガイドのソムリエになりたいと願っていたのです。

第2章

パートナーも千釣万魚《せんちゅうばんぎょ》

1　最後の花道を飾る主役と脇役

これぞ一流のドライバー

宮崎でお迎えして、長崎でお別れする「五日間のフルムーンツアー」に乗務したときのことです。お客様の一人が、

「開さんはガイド席に立ったときに一礼をされ、案内が終わったときにも一礼をされますね。久々にお目にかかったガイドさんの姿でした」

と声をかけてくれました。私にしてみれば、そういう細いところまで見てくださるお客様にお目にかかれたことが幸せでした。それで、そのお客様にはそのようにお礼を申し上げました。

こんなことを言っては語弊があるかもしれませんが、こんなことに気づいてくれるお客様はまずいないのです。そんな些細なところに気づいていただいて、ガイド冥利

に尽きる思いでした。

　さらに嬉しかったのは、パートナーのドライバーが、「ぼくはいつも前を向いて運転しているから気づかなかったけど、開さんは必ず最初の一礼と最後の一礼を続けていたんですね。ありがとうございます」と言ってくれたことでした。そのとき彼は次のようにも言いました。

「ぼくは若いガイドから、厳しすぎると恐れられているんです。会社からもあんまり強く言わないでくれ（ガイドが辞めるから）と言われているんですが、黙って見ておれないときは、つい厳しく注意してしまいます。でもね、ガイドさんが憎くて言っているんじゃありません。きちんとした態度、凛とした姿を見せることがガイド自身の株を上げることになるからです。

　一例をあげれば、こんなときに注意します。お客様の人数を数えるために座席をまわるときは、みなさんの前でマイクを持ち、一礼をしてから、『今から点呼をさせていただきます。恐れ入りますが、ご協力くださいますようお願いいたします』とお断りをした上でしなさいとか、また点呼するときは、指でお客様を指さないで、目で数えなさい。

後ろまで行ったら、間違いがないか、もう一度確認をしながら、前に戻りなさい。それから前のガイド席に戻ったら、もう一度一礼して、『ご協力ありがとうございました』と言いなさいといった具合です。気づいたことはその都度注意するんですよ。そして、そんなとき必ず言ってやるんです、『あなたたちガイドがお客様にほめられて株を上げることが、ドライバーの私にとってても嬉しいんだよ』と」

このドライバーの言われたことは、私が若い頃、ガイド教育で言われていたまさにその通りのものだったので、とても感動したことを覚えています。格安のツアー全盛期の今、そのうちガイド不要の時代が来るかもしれません。そんな時代、いないほうがいいガイドと言われるよりも、すばらしいガイドに巡り会えたおかげで旅が楽しくなったと言われたほうがどれだけ幸せかわかりません。

愛情豊かな会社に育てられた人は、他者にも温かい

余談ですが、そのバス会社のドライバーさんたちというのは、乗務するとき、こちらが、

「ガイドの○○です。お世話になります」

と挨拶すると、必ず「こちらこそ、お世話になります」という返事が１００％のドライバーから返ってきます。また、他の見学地でその会社のバスに会ったときなど、こちらを興味津々《しんしん》で見るのではなく、

「どうもありがとうございます。お世話になります」

と挨拶し、自分の会社のバスに乗ってくれているガイドということで、感謝の気持ちを表してくれるのです。真摯な社風が伝わってきます。そんなドライバーさんたちと夕食を囲んだとき、私が、

「（ドライバーさんたちの会社は）すばらしいモラルを持った会社ですね。穴埋めのガイドに過ぎない外注ガイドにまで、そんな言葉を自然にかけられるなんてすごいと思います」

と言うと、その中の一人が言いました。

「ウチには今日、バスを動かすだけのガイドがいないんです。外注のガイドさんが来てくれたから、私も今日この仕事に乗務できたんです。私たちは持ちつ持たれつ、お互いにお互いを必要としています。ですから多少、年配のガイドさんが来ようと、会

社の担当者が一生けんめい見つけてくれたガイドさんですから、その人に〝ありがとう〟を言うのは当たり前です」

この言葉にも胸を打たれました。そして、さすが昔から名のある大手のバス会社は違うと思いました。昔からプライドをもってやってこられた大手のドライバーさんだからこそ、新人ガイドを注意するときも、いじわるな言葉も使わず、まして罵声を投げかけることもなく、きちんと心ある指導できるのだと思いました。トップの考えが末端まで徹底して行き届いているのでしょう。

「ここで身につけたことは、今後、ウチを辞めてよその会社に行ったときでも、結婚して家庭に入ったときでも、きっと役に立つと思うよ」

といって、気づいたことを指摘するのは、「教える」というより「育てる」ためのものに他なりません。相手をビジネスパートナーとして育ててあげているのです。ガイドの親御さんも、そんな会社に娘を預けてよかったと思うことでしょう。

この会社の資質には本当にすばらしいものがあると思いました。こんな会社から声をかけられたら、たとえ40度の熱があっても、「私でよければ行きましょう」という気持ちになります。イヤイヤ行くのではなく、進んで行くのです。もうギャラの問題ではなくなります。

フリーの仕事というのは、こういうものなのです。言葉や態度が温かく、ほのぼのとしたものが感じられる会社のピンチの折には、何がなんでも協力したくなるものなのです。

この会社ですでに定年を迎えられた超ベテランドライバーの言った、次のような言葉を思い出します。

「開さん、この仕事は、添乗員、ドライバー、ガイドが正三角形の関係で仕事をするべきですね。ドライバーが偉いと勘違いして、一人飛び出して二等辺三角形になれば、お客様を想う仕事は成立しませんからね」

こんな先輩のもとで働けることを誇りに思う

「なぜこの会社はモラルが高いのでしょうか」

と、この会社について、私が尊敬している先輩（現在はガイドを退職されて、ガイド紹介所の所長＝チーフをつとめておられる方）にたずねたところ、

「きっと愛情豊かな会社に育てられているんでしょう」

と言われました。会社から大切にされている人は、他人に対しても自然に温かい言葉が出てくる。それは子育てにおいても、ペットを育てるときも恋愛も同様で、愛情を注げば注ぐほど返ってくるというのです。

なるほどと思いました。逆もまた真なりと言えそうです。というのは、愛情不足の会社の人は、会社から大切にされていないので他者に対しても温かい言葉がかけられない傾向にあるようです。

この先輩の言葉はいつも精神の奥深いところから出てくるようで、深い味わいがあります。きっと精神性の高い方なのでしょう。

あるとき、私はこんなことも聞いてみました。

「チーフ、もしご主人様が浮気をしていることがわかったとしたら、どうされますか。チーフほどの人でも相手の女性を怨むでしょう」

先輩はちょっと考えてから、笑顔でこう答えられました。それは意外なものでした。

「いいえ、怨んだりはしません。私の知らないところで主人の世話をしてくださっているのですから」

というのです。そういう女性であっても〝怨むばかりではいけない〟というのです。夫の浮気相手の女性に対して、こういう気持ちを持てる妻はそれほどいるとは思えません。それだけにすごいことを言える人だなと、ますます尊敬の念を強くし、こういう人のもとで働いていることを誇りに思ったのでした。

こんなドライバーには泣きました

愛情不足の会社といえば、こういうこともありました。

忘れもしません、今から十数年前のこと。その日の乗務を終え、乗務員専用の民宿でパートナーのドライバーと夕食をとっていたときのことです。一つの大きなテーブルを囲んで、同じ会社のドライバーも6～7人食事をしていました。

酒が入るにつれて、パートナーのドライバーがグズグズ嫌味たらしいことを言いはじめ、さんざんな程絡んできたのです。このときは、酒とは人を狂わせる水だと思いました。

黙って聞いていると、パートナーの嫌味は次第にエスカレートしていきました。そんな様子を6～7人のドライバーたちは横目でチラチラ見ていましたが、同僚に同調するばかり。共に酒を呑《の》みながら、誰一人止めに入る人がいないのです。それでも、見るに見かねたのか、若いドライバーが二人ほど、「あまりにひどすぎる」と小さな声で言ってましたが、所詮、職人の世界は、先輩を止めることなんてできません。

私はあふれる涙をぬぐいながら、折を見計らって席をたつとき、

「明日の朝食は何時ですか」

と聞いたところ、

「知らんよ。勝手にすれば」

と、酔ったあげくに見下したような返事が返ってきました。1時間余りにわたる罵《ば》倒《とう》に耐えるだけ耐えていましたが、ついに私の堪忍袋も緒が切れました。これ以上この人と仕事を続けることはできないと思い、まだ1日残っていましたが、会社に状況を報告し、課長の許可を得て帰ったのです。

その際、上司は、

「わかりました。申し訳なかったですね。誠にお恥ずかしい限りです。幸い、明日1日のコースをクリアできるガイドが社にいますので、明日の朝、5時か6時にそちら

へ連れて行きます。せいぜい1時間半くらいの距離なら、運転士には何も言わず、そのまま今からタクシーで自宅までお帰りください」

と許可してくれたので、その通りにしました。帰るときには添乗員が宿泊するホテルに連絡を入れ、「申し訳ありませんが、お客様にガイドが急病と伝えてください」と申しました。すると、その添乗員は、

「開さん、ドライバーさんでしょ。わかりますよ。僕はこの方と過去に2回ほど仕事をしたことがありますが、いつもガイドさんに嫌味ばかり言ってますよ。毎回同じパターンです。指導できないとは、会社も悪いですね。でも、お客様のためにも、できれば帰らないでほしい。よかったら僕の部屋で安心して休んでください。僕は別の部屋をとりますから」

と言って引きとめてくれました。しかし、すでに会社も納得してくれ、代わりのガイドも手配してくれるそうだということを伝え、「お世話になりました」と言って帰ってきたのです。

途中で帰ってきたのは、私の長いガイド人生の中で、このときが最初で最後でした。

翌日、帰宅を許可してくれた上司から、代わりのガイドを連れて行き、その旅は無

事終わったという連絡も受け取りました。

ちなみに、飲酒運転による事故が社会問題になっている現在、乗務員の出先での飲酒は禁止され、出勤時の点呼の際はアルコールチェックが行なわれるようになりました。バス会社が危機感を持つようになったからです。

酒が過ぎると、人の肉体的命を奪う事故にも発展しますが、人の精神的命まで傷つけることにも発展します。

人を指さすとき、3本の指は自分を指している

それから十数年の歳月が流れ、この一件は苦い思い出として私の記憶の片隅に押しやられていました。ところが最近になって、その時代のドライバーにバッタリ出くわしたのです。すでに六十代半ばになっていましたが、OBとしてたまたまアルバイトで来ていたのです。

私の顔をジロジロ見ながら、当時の話を持ち出して、なんとその人は、当事者でもなく、真の事情すら知らないのに、私が同乗しているドライバーに、「あのガイドは

〝チン逃げ〟のガイドだ」と、あたかも知り尽くした話のように囁《ささや》いたそうです。理由も言わず、ただ「帰った」事実だけを強調して……。

あのとき、あと1日の勤務を残して帰ったことは確かです。しかし、そこには正当な理由があり、会社もそれを認めて許可してくれたのです。翌日の乗務に支障をきたさないように代役のガイドがいることも確認し、添乗員にも挨拶をして、どこにも支障のない状況作りをして、深夜12時過ぎに帰ったのです。にもかかわらず、そのドライバーは真実の出来事は一切言わず、結果だけをとらえて、「逃げたガイド」と陰口をたたくとはどういうことでしょう。

同乗のドライバーに、「多少違います」と言葉短く言ったところ、あろうことか、彼はそれを、また前述のドライバーに話したのです、「あのガイド、こがん言いよるばい」と。都合の良いところだけを伝え続ける「伝言ゲーム」の繰り返しです。本当に悲しい限りです。これが、大人の世界であろうか!?

とはいえ、これに反論しようものなら、どんなアラ探しをされるかわかったものではありません。再び返り血を浴びるのが関の山でしょう（この会社の社風でもありましょう）。抗議したい気持ちはありましたが、喉もとまで出かかっていた言葉をグッと呑み込んだのでした。

実は、かつてこのバス会社の仕事中に祖父が亡くなりました。私が幼い頃から可愛がってくれた祖父でしたから、すぐにも飛んで帰りたかったのですが、私的なことで迷惑はかけられないと思い、通夜にも告別式にも帰らず、最後までつとめを果たしたのです。帰宅したときは初七日の前々日でした。当然、身内や親族の目は厳しいものがありました。

大切な祖父が亡くなったときでさえ、最後まで仕事を続けた私に「ありがとう」と言う人は、この会社にはいませんでした。ただただ真の事情は横に置いて、また聞きを大きくし、いつまでも陰口を、相手の目につくやり方で吹聴するだけです。一般のビジネス界では経験できない、とても正気の沙汰とは言えないことを経験するのもガイド職です。精神的に強い女性が多いと言われるのもうなずけます。

人に後ろ指をさして陰口ばかり言っている人たちに、次のように言いたい。

「人を指さすときの指を見てごらん。2本（親指と人指し指）は相手を指しているが、あとの3本は自分を指しているよ」と。これはタレントの武田鉄矢さんのお母様が鉄矢さんに言われた言葉だそうです。お母様は、「人を二つ攻撃すれば、三つの反撃に遭うよ。それでも攻撃したいというのなら、自らが返り血を浴びることを覚悟の上でやりなさい」と言いたかったのではないでしょうか。

ガイドにポールを投げつけたドライバー

最近の話ですが、先輩のガイドが、同乗のパートナー（ドライバー）に、駐車場のポールを投げつけられるという事件がありました。ショックを受けた先輩は、部屋に入るなり、ご主人に電話をして、「ひどい目に遭った」と訴えたのです。

ご主人は大変立腹され、

「今すぐ（バスを）降りて帰って来い。俺が迎えに行くから」

と電話の向こうの奥様に告げたのでした。ご主人としては、自分までもが早朝から仕事のためと最寄りの交通機関まで送り迎えしたあげくに、家庭を犠牲にして成り立つ仕事で奥様が、そんな仕打ちにあっていることがまんならなかったのでしょう。ガイド本人もご主人様も〝絶対に帰る〟と言い張りました。

このことを聞いて、ガイド紹介所の所長が彼女の出張先に電話をし、

「○○さん、辛抱してください。ご主人もご立腹でしょうが、帰らないのがあなたのためです。今ここで帰ったら、結果だけをとらえて吹聴されるだけです。ここはそういう業界なんです」

と、けんめいになってガイド本人をなだめ、そのご家族をもなだめたのです。聡明な所長の説得で、このときは何とかおさまったのですが、所長の気持ちを思うと、ガイドと同様、所長の仕事も因果な仕事だと思いました。

年間のほんのわずかな期間とはいえ、忙しい日はどのバス会社もいっしょですから、ガイド紹介所にも同じ日に多くのバス会社からドッと仕事の発注があります。そこで、穴を空けないように必死になってやりくりをしてあげるのです。それも、できるだけそのツアーにふさわしい人をと心がけながら、仕事の出来ばえだけでなく、なるべく交通費のかからないガイドを人選するのです。

ガイド紹介所の所長は、バス会社の経費節減まで考えながらガイドを手配しますが、ガイド側はモラルのあるハードルの高いバス会社で、かつギャラの高い会社の仕事をしたいというのが本音です。バス会社の経費節減を考慮しながらガイド手配をする所長に対して、ガイドは何はさておき、モラルの高いバス会社の仕事を望むがために、そこに軋轢《あつれき》が生じることもあります。

ガイドは、モラルも低く、さらにギャラも低い会社には乗りたがらないのが当たり前のことです。所長はそれでもあの手この手で登録ガイドをおがみたおします。ただただバス会社が穴をあけないためにと。

しかし、そこまでして手配しても、この例のように現場ではいざこざがあるのです。紹介する所長さんのご心痛がしのばれます。「ガイド紹介所はいいな」という時代は終わっています。

ガイドを育てた昔のベテランドライバー

バスの中でガイドを教育してくれたのは、経験においても人間性においてもベテランのドライバーです。昔はドライバーの意識も高く、ガイドを育てようとする気持ちが強くあったので、細かいところまできちんと指導してくれていました。たとえば長崎では、

「永井先生のくだりをやってごらん」

と促し、こちらが一生けんめいやっていることが伝わると、

「よくがんばった。お客様も泣いていたよ。この感動を10年してごらん。あなたが習ったあの先生、お客様に十日間の旅に招待されて福島へ行ってきたよ。常磐ハワイアンセンターも見てきたよ。ガイド冥利というものだろう。がんばれば、あなたもそうなれるんだよ」

と言って励ましてくれていました。一方で、簡単なシナリオを覚えていなかったときは、「いかん、そんなことではお客様に迷惑がかかる」などと言って、きつく怒りました。なかには「ガイドを替えろ」とまで言う人もいました。それを言われると、ガイドはかなりこたえますが、その辛さが自分を育て、二度と恥をかかないように努力をするのです。また、仲間同士で励まし合ったりもしました。

私にもそんな経験があります。私が落ち込んでいるとき、同期の仲間が、

「あの人、さくらのこと蹴ったんだってね。ひどかね。でも、がんばろう」

と励ましてくれました。仲間同士の団結があったのです。それが昔のガイドでした。みんな純粋だったのですね。仲間が注意を受けたときは、「明日は我が身」と身を引き締めたものです。

今のガイド仲間は、「あの人、蹴られた人よ。連れてってもらえなかったのよ」などと言って笑いものにすることはあっても、励まし合ったり守り合うことはありません。ガイドはお互いに守り合っていかなければいけないと思います。

昔のドライバーは、ガイドの失敗に対して容赦なく叱っていましたが、奈落の底に突き落としたままにしておくのではなく、必ずフォローもきちんとしていました。這い上がる道をちゃんと用意しておいてくれていたのです。

今のドライバーは多少違います。「こんなことも知らんのか」という態度で、はじめからガイドを育てようという意識がない人や、「あのガイドは○○だ」と一人よがりのモノサシをつくったり、噂話を生きがいにしている人さえ見受けられます。すべてがすべてとは言いませんが、そんな人がいることも確かです。また、社風もあるようです。

減ってきたプロのドライバー

バス会社にも各社、社風があるように、お客様にも必ずといっていいほど地方色があります。暑い国からのお客様と寒い国からのお客様では、室温の感じ方も違ってきます。帝国ホテルでは、そうしたことにも配慮して室内の温度を設定しているそうです。

外国からのお客様にかぎらず、沖縄か北海道かというだけでも、そうした気配りがなされているといいます。北海道のお客様は寒さに慣れているからと低めにするのではなく、逆に北海道のご自宅の室温に合わせて、しっかり暖房を入れるそうです。

プロ根性を持ったドライバーには、帝国ホテルの心意気に通じるものがあります。観光ビジネスにおいても、これと同じ精神が適用されれば、お客様に喜んでもらえるにちがいありません。私もできるだけそのように努めてきました。たとえば北海道のお客様は、ご自分の住んでいるところに雄大な自然があるからでしょうか、九州においでのときは、海や山、湖といった自然よりも歴史のある城や神宮などに興味を示されます。

プロのドライバーは、そうしたところを5分でも長く見学させてあげたいという思いで、限られた時間とスケジュールの中で綿密に時間を計算して走ったものです。また、北海道にはないもの（たとえばミカン、柿、ビワ、お茶など）があるところでは、なるべく停車の時間をつくってあげていました。

反対に沖縄のお客様のときは、沖縄では見ることのできない雪や氷柱《つらら》や霜柱に触れられるところでは、必ず停車していました。そして、どんなに寒くても強い暖房は入れないように配慮していました。年中、暖房器具を使わない沖縄のお客様にとって、暖房と山道は車酔いのもとだからです。

それと、沖縄のお客様には戦争や特攻隊の案内はタブーとされていたので、暗黙のうちにそういうところは通過していました。また、長野や山梨や岐阜のお客様のときには、きれいな海をゆっくり楽しんでもらえるようにと、スローで走っていました。

このように、お客様の地方色にも配慮して、観光コースや走り方を変えることができてこそ、プロのドライバーといえましょう。今の時代はこういうことができるプロのドライバーが少なくなりました。大変残念です。

ドライバーとガイドが勝ち負けを競っても意味がない

非常に運転技術の高いドライバーと乗務したときのことです。長旅の疲れから、車

内で何人かのお客様が眠ってしまいました。そのときドライバーが、

「開さんのガイド技術より俺の運転技術のほうがすばらしかったようだね。あんたは俺の運転に負けたんだよ！」

非常に嬉しそうに、また自慢気に、と耳打ちしたのです。このとき、「ああ、こんな考えもあるのか」とびっくり仰天しました。しかし、次の瞬間、笑いが込み上げてきました。ドライバーとガイドが、勝った、負けたと競っても意味のないことなのです。

嬉しかったドライバーのひと言

今から20年近く前になりますが、酒癖の悪い客にさんざん悩まされたことがあります。

そのときのお客様は、バスに乗り込むとすぐに宴会をはじめ、そのうちお酒がまわってきたとみえて、酔っ払った何人かが私に執拗《しつよう》に絡んできたのです。私もまだ若く、あしらう技量すらなくてオロオロするばかりでした。

「こら、運転手。ガイドを困らせているから、お前も楽しいだろう」

泥酔した客の一人がドライバーに向かって言ったとき、そのドライバーは、

「ガイドさんが泣いとるときは運転手も泣いとります」

と言ってくれたのです。そのドライバーとは初仕事で、特に相性のいいパートナーではありませんでしたが、そのやさしい言葉をとても嬉しく思いました。私の思い出ノートの１ページに残るドライバーです。

　余談ですが、日本人はかつて芝居小屋に重箱とお酒を持ち込んで観劇していましたが、明治34年に帝国劇場ができたとき、場内での飲食を禁止したため、他の劇場もこれにならうようになりました。それまでの習慣に馴らされていた客たちは、しばらくは手持ち無沙汰を感じていたといいます。

　その後、バラ売りだった森永ミルクキャラメルが、行儀よく食べられるようにと箱入りになったりしたのも帝劇のおかげだそうです。

　バスの場合は、バブルの時代（昭和末期～平成初期）までは、客は芝居小屋感覚で乗り込んでいました。お酒や食べものを持ち込み、座席に着くや〝宴会〟のはじまりです。カラオケをつけろと大声をあげたり、「姉ちゃん、姉ちゃん」とガイドのお尻を触ったりと、ガイドを芸者と勘違いしている客も珍しくありませんでした。客層が変

わってきたと感じるようになったのは平成になってからでした。

熟年ドライバーの謙虚な言葉に恐縮

4年前に同乗したドライバーも印象深い人でした。その人は私よりはるかに年上でしたが、空港でお客様をお迎えする前、私に対して帽子を取って、こう言われたのです。

「私は年をとっていますが、観光は不慣れです。方向音痴でもありますが、黒子に徹してがんばります」

思いもよらない謙虚な言葉に恐縮するとともに、時折この方の陰口や中傷を耳にしていたので、どうして会社の仲間や上司はこんなすばらしい人を認めようとしないのかと憤りを感じました。

確かに、ドライバーとして観光道路や時間を熟知しておくのは大切なことですが、経験が浅い場合はやむを得ません。誰しもそういう時代があったはずです。それよりも熟年になって、自分よりも年下の女性に向かって、「黒子に徹する」とへりくだって言える人柄に、その人の器の大きさを感じさせられました。

観光に少し慣れて、会社から新車のバスを預かるようになると、急に態度が激変するドライバーもいます。また、年功組の仲間入りをしていながら、人としての基本である挨拶さえできない人もいます。方向音痴であることを恐縮する人より、人から挨拶されて笑顔でこたえることのできないような〝人間音痴〟のほうが気の毒です。そんな人は決してプロとは認められません。人間としての背筋が曲がっているからです。

ドライバーの気配りに感激

ガイドはお客様の顔色をうかがいながら、神経を張りつめて仕事をしています。そのことに無理解なドライバーと、理解して気づかってくれるドライバーがいます。先だって同乗した、私より少し若いドライバーが見せてくれた配慮は嬉しいものでした。

ちょうど高千穂峡にさしかかるところでした。私としては案内（ここでは『古事記』にまつわる神話を話しています）を5分前に締めて、「間もなく高千穂峡ですよ」と持

っていこうと思っていたのですが、終わるのを待ちかねていたように、そのドライバーが、

「すみません、開さん。どこに駐車しましょうか」

と言うのです。後続の車から、駐車場をどこにしたらいいかと何度も無線が入っていたのですが、私が案内を終えるまで待ってくれたのです。そのときは、それ以上何も言いませんでしたが、翌日食事をしているときに、そのドライバーが、

「ガイドさんが話をしているときは気をつかいますよ。2号車、3号車（私たちが乗務していたのは1号車でした）がどこに駐車したらいいのかと、やいのやいの言ってくるのに、開さんの話がなかなか終わらないものだから……」

　と言うのです。

「そうだったのですか。でも5分くらい前にピタッと終わるように話していますから、心配しなくてもよかったんですよ」

　と笑顔を返しました。高千穂峡での案内（『古事記』にまつわる神話）で、少し早く終わったときは長野県の戸隠までもっていったり、九州宮崎の高千穂が注連縄《しめなわ》の発祥地であることを説明したりして時間を調節しているのですが、そのドライバーは私が

終わるまで声をかけることができなかったのです。だから私が終わったとたん、間髪入れずに声をかけてきたのでしょう。今言わないと、また次の話に入ってしまったら大変と思って。その気持ちをとても嬉しく思いました。

最近はどのバス会社でも、朝バスがスタートする前に、ドライバーに、ガイド席に立ってマイクを持って挨拶をするよう指導しています。会社の趣旨通りにする人、しない人、またマイクを握って長々としゃべる人などさまざまです。

しかし、このドライバーはいつ乗務しても真摯な姿勢でお客様に手短かにさわやかな挨拶をされます。頭の下げ方を見れば、この方の人間性もわかります。こういうドライバーは会社の宝です。

ドライバーが皆このドライバーのようであれば、お客様にも幸せな気分が伝わります。反対にドライバーとガイドが険悪になると、それがすぐにお客様に伝わり、イヤな気分にさせてしまいます。

よく、自分は会社を愛している、会社のために一生けんめい働いていると胸を張っている人がいますが、本当に会社のことを愛しているのなら、相性のよくないドライバー（あるいはガイド）と乗り合わせたときでも、できるだけコミュニケーションを取るようにして、お客様に不快感を与えないことです。ガイドとドライバーが険悪だと、お客様にご迷惑をかけるだけでなく、会社のイメージを悪くし、ダメージを与えることになるからです。

また、本当に会社を愛しているのなら、上司が悪い、営業が下手だと悪口をいうのは控えたほうがよいと思います。そういう人が、どうして夢を与える仕事ができるでしょうか。

名脇役に徹していたプロのドライバー

見事な職人技を持ったドライバーもたくさんいました。今振り返ると、職人技をもったドライバーに共通しているのは、「名脇役」に徹して、ガイドのステージを輝かせてくれた点です。

職人に徹したドライバーは、俺が俺がと自分を主張するのではなく、脇役に徹することこそが会社のＰＲになるということをよく理解していました。また、こうした職人技を持ったドライバーは、長年の経験という宝を本物のプライドとしてしっかり身につけていました。ニセモノのプライドはすぐにメッキがはがれてしまいますが、本物は接しているといぶし銀のような重みが感じられます。

プロ根性のあるドライバーには、例外なく愛社精神と誇りがあります。無言の中にもガイドを輝かせるコツと思いやりを知っていて、たとえばガイドが「ここぞ」といった聴かせどころの案内をはじめると、おもむろに運転席の窓を閉め、無線を切り、一切の雑音を遮断してお客様を案内に集中させたものです。こうやって、感動の一幕を彩る陰の協力をしてくれるのです。そんなさりげない無言の思いやりに触れたとき、ガイドは今一度、襟をただし、案内に力をこめたものです。

「不況を知らない東京ディズニーランドでは、お客様を「ゲスト」、従業員を「キャスト」と呼ぶと聞いたことがあります。今は観光バス会社も、そういった考え方が必要なのではないでしょうか。たとえガイドが新米であろうと、バスという舞台（ステージ）で主役を演じ切り、それをドライバーが深い演技で支えることで、車中のゲストに夢と感動を与えることができます。ゲストの夢と感動の上にこそ、私たちのビジネスは成り立っていることを知るべきです。脇役あっての主役、主役あっての脇役です。どちら上で、どちらが下というものではありません。両方がお互いを輝かせ合っているのですから。

名脇役といえば、まっ先に思い出すのが、映画『男はつらいよ』に登場する「御前様」役の笠智衆さんです。この映画の主人公は、もちろん「寅さん」役の渥美清です。しかし、御前様役の笠さんは陰の主人公であり、彼の存在が映画全体をキリリと引きしめています。この1例を見てもわかるように、名脇役は主役をはるかに超えた存在と言えるのではないでしょうか。

笠さんの出身地の熊本県天水町（現・玉名市）で、ガイドが少し手間取っていたりすると、「笠さんのことを話さんか」とせきたてるドライバーがいました。そのドライバーご本人は名脇役の意味を理解しているのでしょうか。自分自身が笠さんであることを知ってもらいたいものです。

ガイドもドライバーも、一般の人が出合わないようなすばらしい言葉や偉大な教えに日常的に出合っています。しかし、それを自分の血肉とすることができなければ意味がありません。馬耳東風では、いくらすばらしい言葉に出合ったところで、出合わないに等しいといえます。

親切心の裏返し

あるドライバーと添乗員の3人で食事をしていたときのことです。添乗員が何気なく、そのドライバーに言いました。

「山田さん（ドライバーの仮名）、奥さん、ガイドさんだったんですか」

そこで終わっておけば、私もあわてなかったのですが、添乗員が続けました。

「昔からよく聞きますよね、ドライバーさんとガイドさんとの色恋の話……」

山田さんの表情が明らかに険しくなってきました。ただでさえ厳しい性格の彼にそんなことを言ったら大変なことになります。お酒もかなり入っていたので、これはマズイと思い、私が横から口をはさみました。

「いいえ、添乗員さん。山田さんは昔から〝鬼の山田〟と言われていまして、ガイドさんを厳しく教育してくださった方なんですよ。そういうふしだらな噂は聞いたことがありません」

私としては精一杯サポートしたつもりでした。ところが、ドライバーは何を勘違いしたのか、顔を真っ赤にして怒鳴りはじめたのです。

「こら、鬼とは何だ。今まで俺を鬼と思っていたんか。帰れ、今すぐ帰れ。俺を鬼と思っているんなら、もう乗らんでいいから、今すぐ帰れ」、もう、「あんたにはウチの会社にもう乗ってもらわんでいい」と、会社の社長の代弁のようなことまで言い募りました。そして、一方的に言うだけ言うと、さっさと部屋に引きあげていきました。

「はあ?」

私は、彼がなぜ怒っているのか、一瞬わかりませんでした。「鬼」はほめ言葉なのです。鬼と表現することで、「この人は、そんじょそこらのドライバーとは違うんだ」とフォローしたつもりでした。その気持ちをわかってもらえないとは……。すると、後ろの席で食事をしていた別会社のドライバーが、狼狽している私を見て、声をかけてくれました。

「ガイドさん、聞こえていたよ。あんなこと言う奴はどうせ××バスの運転手やろ。ひどかね。ガイドさんが一生けんめい守ってやろうとしていたこと、わかるよ。それを『帰れ』はないだろ。ガイドさんという商売も因果なもんだね。お客さんに気をつかい、運転手のご機嫌を取らんといけないとはね。あれは××バスの社風やね。よそのガイドさんからもよく聞くよ。ウチのような小さな会社の運転手でも、あんなことは絶対言わんよ。聞いていた俺も悔しかったよ」

　また、添乗員は添乗員で、

「私が余計なことを言ったばかりにこんなことになってしまって……。開さん、ごめんなさい。明日、大丈夫ですか。仕事、してくださいますか」

　と気づかってくれました。しかし、私としてもこんなことくらいでめげるわけにはいきません。ドライバーの言う通りに帰ったら、またまた本当の話は伝わらず、都合の良いところだけ取り上げた伝言ゲームをされて、噂の渦中の人物にされるだけです。

　その夜は悔しさと空しさであまり眠れませんでしたが、翌朝には気持ちを切り替え、何事もなかったように、つとめて明るい声で「おはようございます」と挨拶しました。

　ドライバーも機嫌がなおったように見えたので、「少しは理解してくれたのかな」と思ったのですが、実際はそうではなかったのです。あちこちの観光地に着くたびに、「あのガイド、俺のことを鬼の山田などと言いおった。もう乗せちゃいかん」と同じ会社のドライバー仲間に触れて回って挑発していたのです。その部分だけを取り出し、前後関係の説明はなしです。

　親切の裏返しとはこういうことを言うのでしょうか。私としては相手の気持ちを思い、精一杯フォローして差し上げたつもりが、かえって逆効果になったのです。そのときつくづく思いました。「多少、気難しくても構わない。同じ働くのなら、人の気持ちがわかる人たちの間で働きたいものだ」と。

セクハラに思う

この業界でもセクハラの話はときどき耳に入っていましたが、私ほどの年齢にもなると、男性はそういう対象（アバンチュールの相手）として見たり扱ったりしないと確信していました。ですから、こういうことがまさか自分の身に降りかかろうとは思ってもいませんでした。それが身の危険を感じる、まさにセクハラに遭遇したのです。

だいぶ前の話になりますが、二泊三日の旅で、初日の仕事を終え、宿舎に落ち着いてしばらくしたときのことです。乗務中のドライバーが口説き始め、当たり前のごとく夫気取りで身体を求めてきたのです。そんなとき、

「何するんですか！」

と、一喝して相手を激しく突き離すのは簡単です。そして、翌日からの仕事を蹴っ

て、帰ることもできます。でも、それは賢明なやり方とはいえません。

そういったとき、まずガイドが考えるのは、「あと二日、この人とコンビを組まなくてはならないから、仕事に支障のないような逃げ方をしなくては」ということです。若いガイドだと、そこまでの余裕はないでしょうが、年を重ねたガイドであれば、「まあ、まあ、まあ」と笑いながら、さりげなく逃げようとするものです。最後までスムーズに仕事をこなすためにも、気まずくなることだけは避けなければなりません。

しかし、いくらこうした配慮をしても、セクハラの事実を公にすれば、必ずこちらにスキがあったような言い方をされます。だから公表しない女性も少なくないのです。

私にやんわり拒否されて、そのドライバーも我に返ったのか、すぐに平常心を取り戻しましたが、また食後も私の部屋に執拗に電話をかけてきました。

翌日からの仕事にも支障はなかったのですが、実は私はこのドライバーから以前にもっとひどいセクハラを受けたことがありました。前回のこともあり、上司に報告するべきかと悩んでいたとき、たまたま仕事でご一緒したガイドさんに少しだけ話したところ、

「そうですか。私も似たようなことがありました」

と、びっくりされました。そのドライバーは、どうもそういう傾向のある方のようでした。そこで私は思い切ってオフィスの所長に報告することにしました。ガイドがこうしたことを報告するのは、かなり勇気がいるものです。ともすれば、ドライバー仲間から、「あいつ、スキがあったんじゃないか」と白い目で見られたりします。でも、考えてもみてください。自分から誘ったり、スキがあった結果のことだったら訴えたりしません。

そのとき私は所長に言いました。

「所長、ガイドはドライバーの女房役ではありません。良きビジネスパートナーですよね。ガイドがドライバーの手袋を洗うという女房感覚の風習をなくすのも、セクハラをなくすことにつながるのではないでしょうか」と。

後ほど詳しく述べますが、この業界ではガイドがドライバーの手袋を洗うというしきたりがいまだに残っているのです。私は以前から、こうした風習がセクハラにつながる空気をつくる一因になっているのではないかと思っていたので、機会があれば訴えたいと考えていました。ガイドはあくまでもドライバーの仕事上の良きパートナーなのだという自覚を、会社の上層部の方々にも持っていただきたかったのです。

私は何も洗いたくないと言っているのではありません。大したことではないので、自分のハンカチを洗うついでに洗って差し上げても構わないのです。私が問題にしているのは、洗うときの〝意識〟なのです。そういう意識がセクハラを生み出す雰囲気をつくるので、そこを会社にわかってもらいたかったのです。

するとと所長は、

「これはウチの会社の先輩がつくった立派な伝統です」

と言い、止めるなんてとんでもない。そんな提案をする私が理解できない、というような顔をされました。私の言いたいことが通じる相手ではなかったようです。

しかし、いくら考えても納得がいきません。ガイドがドライバーの手袋を洗うのが良き伝統というのでしょうか。他の業界の人に話したら、必ずやびっくり仰天されます。実際、ある会社の経営者に、「一般の企業で男性社員のハンカチを女性社員が毎日洗うことなどあり得ない」と言われたこともあります。

少し考えれば、この風習がいかに奇妙なものであるか気がつくはずです。バス業界は、こんな根本的なところから意識改革をしていかなければ、「ドライバーとガイドは寝る」といった陰口もなくならないような気がします。

こんなこともありました。ある朝、バスに乗り込むと、一人の男性客がニタニタといやらしい視線を私に向けながら、

「ガイドさん、今日は顔色いいね。ゆうべ運転手といいことあったんじゃないの?」

と言うのです。こんな言葉がどれだけ相手を傷つけているのか、その人はわかっているのでしょうか。その人にとっては他愛のないひと言のつもりでも、それを投げつけられた相手にしてみれば、人権を無視したセクハラ以外の何ものでもないのです。

昔は露骨にこういう表現をなさるお客様が多かったものです。

ドライバーの気持ちもわかる

今のような時代、ドライバーも大変なことはガイドである私が一番よくわかっています。バーゲンツアー全盛期の今は、1日のこうそく時間も走行距離もかなり厳しい時代と相成ってます。お客様の命を預かっている以上、ハンドルを握っている間は一瞬の油断も許されず、極度の緊張を強いられます。1日の仕事を終えたあとは心身ともにすり減っています。そこへもってきて、車体を洗い、全体を点検して翌日の運行

に備えます。

先ほども述べましたように、飲酒運転が問題になっている現在、ドライバーが宿泊先の食事で酒やビールを飲むことさえ厳しく禁止されています。ドライバーの仕事の内容を思うとき、（大きな声では言えませんが）夕食時にはビールの１本くらいは許されていいのではないかと思うのです。心身の疲労回復のためにも、冷えた１本のビールがいかに効果があるかということを知っているからです。

もちろん規則は規則であり、守らなければなりません。また、ビール１本で二日酔いを起こす人がいたら、それも問題です。しかし、翌日の乗務にまったく影響をきたさないことが明らかであれば、夕食前の１杯くらいは認めていただきたいと思います。あくまでも私の考えですが。

2 上司の資質を問う

バカな大将、敵より怖い

今のドライバーの中には、お客様が、

「このあたりにテレビで紹介されていたおいしい店があるでしょう」

と、ひと言いっただけで狼狽したり、出口から入る観光コースと入り口から入る観光コースが逆になっただけでわからなくなり、パニックになる人がいます。臨機応変の対応が難しいようなのです。どんなことにも順応できてこそ、プロの観光ドライバーと言えるのではないでしょうか。

別の見方をすれば、（少々厳しい言い方になりますが）バス会社もそういうレベルの人を雇っていることになります。できれば、ドライバーやガイドの見分けがしっかりできる上司であってほしいものです。

ドライバーやガイドの舞台は車内にありますから、上司のいるところでは一切仕事をしません。そのため人を見抜く目を持たない上司だと、いい加減なことをやっていても、ごまかしがきくのです。

「バカな大将、敵より怖い」という諺がありますが、まさにその通りです。人間としての真の姿を見抜ける上司が一人でも増えることを求めてやみません。

チーフの資質次第でガイドは地獄を味わうことも（ガイド紹介所）

人間性にすぐれ、仕事をテキパキこなすチーフ（ガイド紹介所の所長）は、まさにガイドの憧れの的です。しかし、チーフの資質次第で、ガイドは地獄の苦しみを味わうことにもなります。

チーフの中には、円満なかたちで辞めたガイドに対しても新しい仕事を妨害し続ける人が稀《まれ》にいます。どこへ行っても執拗に追い回すのです。ヤクザ顔負けのしつこさ。下世話な言い方ですが、ここは女郎屋の足抜けよりすさまじい世界なのです。

あちこちで、「あれはクビにしたガイド」と言いふらし、仕事の現場で見かけようものなら、人目もはばからず暴言を吐き、相手の信用をどこまでも失墜させます。あげくの果てには、雇用したバス会社にひんぱんに電話し、「仕事ができないガイドだ」、「クレームの多いガイドだ」と、思いつく限りの悪口を言い連ねます。そんなとき、袖の下の恩恵にあやかった勤務係りは、言われるがまま、そのガイドをおろします。

ひどいときは、トップシーズンで猫の手も借りたい時期に、「あれを使うなら、ウチは手を引く」と脅しをかけることもあります。それでも足りずに、ガイド自身にも、「乗れないようにしてやる」と電話で脅迫します。

たまりかねて労働局に相談に行っても、担当者によっては紹介所に注意してくれるどころか、相談者の情報を無断で先方に流し、守秘義務を守らない人もいます。そのため紹介所から繰り返し嫌がらせを受けることになるわけです。

それまでの「ガイドクラブ」から労働省認可の「バスガイド紹介所」となっても、いまだにこんな法律を無視した行為が横行しているのは、ガイドクラブ時代の都合のいい部分と、紹介所となってからの都合のいい部分だけを踏襲しようとしているからでしょう。ちなみに、バスガイド紹介所とは、社員ではないガイド（紹介所に登録しているガイド）を紹介・斡旋するところです。

以前、「ガイドクラブ」と呼ばれていた頃は、経営者を「チーフ」と呼び、チーフはバス会社とガイドの両方から斡旋料を取っていました。しかし、国の認可制の紹介所になってからは、バス会社側の紹介手数料のみとなりました。いわば民営のハローワーク（有料職業紹介所）業務なのです。国の認可制はガイドを守るためにできた法律のように言われていますが、ガイドクラブ時代の悪い名残りが今もしっかり残っているところがあるようです。

ヤミの紹介所を摘発したければ、こういったモラルのない紹介業務のやり方を改善するのが先決だと思います。こんな下等な競争が続いている限り、この先もガイドの身分は守りきれません。

もちろん、そういうことをするのはほんの一握りの人です。しかし、たとえ少数の人であろうと、業界全体のイメージダウンにつながるので止めていただきたいと思います。不況でバスガイド紹介所の運営が厳しい時代となっても、技を磨き、一人でも多くのお客様に喜んでもらえるよう必死でがんばっているガイドもいるのですから。

なお、一般の多くのチーフ（ガイド紹介所の所長）の名誉のために付け加えておきますと、こんな厳しい時代になっても、バス会社の仕事に絶対に穴は空けられないと、適任のガイドを送り込むため、夜もろくに眠らず、必死にがんばっている方もたくさんいます。私が長年おつき合いしているチーフもそんなお一人です。

ガイドの雇用形態は三つに大別される

現在、ガイドの雇用形態には、次の三つがあります。

1　バス会社の正社員（公営事業者の場合は正職員）

2　契約ガイド（個人がバス会社と直接契約）

3　バスガイド紹介所（以前は「ガイドクラブ」と呼ばれていました）

1の正社員は大半新卒です。

2の「契約ガイド」というのは、バス会社と個人契約を結んでいて、会社がオーバーブッキングした（正社員のガイドだけでは足りない）ときに日当扱いで乗務します。

3の「バスガイド紹介所」というのは、先ほども述べたように、さしずめ民営のハローワークに当たります。バス会社から発注があったときに、登録しているガイドを有料で紹介します。平成の初めに国の認可制となりました。

3も2と同様、会社がオーバーブッキングし、正社員のガイドだけでは足りないときの穴埋め要員です。どちらも雨降り用心の「折りたたみ傘」というわけです。

上司から贈られた一編の詩

時を得た言葉との出合いで、人生がガラッと変わった人もいます。言葉は人の心を動かし、人生さえも左右するような力を持っています。
私は思わぬ出来事に遭遇して涙するときは、次のような詩を読み返すようにしています。

耐え忍ぶ
花もつぼみも　もの言わず
驚きもせず　戸惑いもせず

これは、かつてバスガイド紹介所の所長（チーフ・女性）から贈られたものです。

その経緯には、こういうことがありました。

今から10年ほど前になりますが、観光のトップシーズンのとき、一つの仕事を終えて帰路についていると、いきなり携帯が鳴りました。

「すみませんが、明日からこちらの仕事をしていただけませんか」

と、そのチーフからオーダーが入ったのです。しかし、その仕事にどうしても納得いかなかった私は即座に断りました。少し経験を積んだガイドなら、スケジュール表のタイトルやコース、ホテルなどザッと聞けば、その旅行の中身が何となくわかるものです。経験によって培われた勘から〝匂い〟を嗅ぎ取ることができるのだと思います。

今考えると、そのとき私が納得できない仕事として拒絶したのは、「グレードの低い仕事」と勝手に値踏みしたからでした。しかし、猫の手も借りたいようなトップシーズンのさなか、そのコースに行けるような手すきのガイドは、たまたま私しかいませんでした。

そのとき、そのチーフは、

「あなたにふさわしい仕事だから、お願いしているのです。私はどなたに対してもふさわしい仕事を紹介しています」

とだけ言って電話を切り、私の気持ちを受け入れてくれませんでした。チーフの一方的な態度に苛立ちを覚えながら、2時間列車に揺られて帰宅した私のもとに、1枚のファックスが届いていました。そこには前出の詩とチーフの名前だけが記されていました。

詩の意味を理解するなど、どうでもいいことでした。こんなときに、これ見よがしに見せつけた相手の冷静さにがまんできなかったのです。このような状況を〝火に油を注ぐ〟というのでしょうか、怒りが沸騰したのを覚えています。

不本意な仕事であっても断れないところがある

バス会社が求めているのは、「明日の仕事に穴をあけないこと」です。トップシーズンは春と秋のほんのわずかな期間に集中しているので、忙しい日はどのバス会社も忙しく、ガイドを選んで割り振りする余裕もありません。そういうとき、ガイドはたとえ不本意な仕事であっても断れないところがあります。

結局、私もその仕事を引き受けたのですが、そのとき思ったのは、「私のプライドは間違っていたのかもしれない。その仕事に行けるガイドが一人もいないといった状況のとき、仕事のグレードの高低など考えず、『行きましょう』と引き受けるのもプロではないか」ということでした。そのとき以来、なぜか人の仕事に妬《ねた》みも苛立ちも感じなくなりました。

チーフの冷静すぎる態度に当座は怒りがおさまりませんでしたが、時の流れというのは不思議なものです。シミだらけになった1枚のファックスが、やがて私の宝物に変わっていったのです。

仕事のことで相手に自分の思いを受け止めてもらえず、悔し涙を流したとき、この詩を繰り返し読みながら、静かに平常心を取り戻したものです。また、心ない人からの誹謗告発で深手を負ったときも、この詩のおかげで心の傷を癒すことができました。

今思えば、この詩は贈り主のチーフが、自らの心情を詠ったものだったのかもしれません。彼女もこの詩によって高ぶる気持ちを抑え、じっと耐え忍んで平常心を取り戻したのでしょう。

第3章　ガイドとドライバーは良きパートナー

1　ガイドを低く見ないでください

根強く残る世間の偏見

私はガイドという仕事を愛し、プライドを持って仕事をしてきました。しかし、時と場合によっては「ガイドさん」と呼ばれたくないときがあります。たとえばスナックなどで、そこのママから、「こちらは、どなた？」と聞かれたとき、そばにいた人から、「ガイドさんよ」と言われたりすると、ムッとします。

というのは、冒頭でも述べましたように、世間ではガイドと聞いただけで、「歌がお上手なんでしょうね」という言葉が飛び出し、続いて連鎖反応的に、「ガイドさんって、ドライバーさんといろいろあるんでしょう」と来るからです。「いろいろある」というのは、いうまでもなく男女関係のことをほのめかしているわけです。

もちろん、ドライバーと恋愛関係になるガイドもいますが、それはどんな職場でもあることであり、この業界に限ってそうした割合が高いわけではありません。ただ、一般の職場と違って、ガイドとドライバーがどうしても1対1にならざるを得ない場面があります。多くは出張先のホテルにおいてですが、お部屋食のときはドライバーの部屋に二人分がセッティングされるのが普通です。そこで食事を済ませたあと、翌日の準備などのために一緒に部屋を出たとたん、バッタリお客様と鉢合わせになったりすることがあります。そんなとき、必ずといっていいほど言われるのが、

「あら、お二人、このお部屋だったの?」

という言葉です。

いくらお客様とはいえ、言っていいことと悪いことがあります。「失礼な!」と心の中で叫びながらも、職務上の社交辞令の笑みをつくり、わずかな弁解しかできません。なぜなら、相手はあくまでもお客様だからです。それともう一つは、弁解すればするほど疲れ、ガイドという仕事に空しさを感じるからです。

本来は、相手が客であろうとなかろうと、自分たちと会社の名誉にかけても反論すべきかもしれません。しかし、その日の仕事がやりにくくなるのはガイド自身です。たとえ正論であっても、客と争えば、ステージに立ってからも反撃を受けることは目

に見えています。ともすれば会社にクレームを入れられ、返り血を浴びるのも、この自分なのです。会社は、現場の状況よりも〝お客様第一〟と考えるところが大半です。常に自分を一歩抑えてステージに立つこと、それがガイドの使命なのです。

実の母でさえ、ご近所さんに娘がガイドをしていることを知られるのがイヤだと言っていたくらいですから、世間の意識がどれほどのものか察しがつくのではないでしょうか。

ガイドというだけで運転士と深い仲と思われるなんて、悔しい限りです。きっと、ドライバーも同じ気持ちでしょう。これは役得の裏返しの〝役損〟とでもいうのでしょうか。これまで不快な経験をたくさんしてきたので、人前でむやみに「この人、ガイドさん」と言われるのは、今でも抵抗があります。

ガイドはなぜドライバーの手袋を洗うの？

世間のそうした偏見が根強く残っている中、この業界にはいまだに前近代的な風習が残っています。前にも少し触れたように、「ガイドはドライバーの手袋を洗う」という古くからのしきたりです。いつ誰がつくったものかはっきりしませんが、半ば当たり前のように義務づけられているのです。

さすがに東京や大阪などの大都会ではすでに廃止されているかもしれませんが、地方のバス会社では今なお根強く残っています。こんなしきたりが存在すること自体、ガイドがドライバーより一段低く見られていることを物語っています。

バス会社にしてみれば〝立派な伝統〟であっても、世間一般からは、「奥さんみたいなことまでするのね」と偏見の目で見られかねない、奇妙な伝統にすぎません。なぜなら、この小さな行為には、なんとなく親密でセクシャルな関係を匂わせるものが含まれているからです。

ガイドがドライバーの手袋を洗うという話を他の業界の人にすると、一様にびっくりされます。結婚しているガイドさんの場合、ご主人の中には、「家庭のこともそこそこに働きに出ているお前に、なんでそんなことまでやらせるのか」といって怒る方もいるそうです。これはジェラシーではないのです。ご主人は、奥さんの職場にそういう空気があることに違和感を覚えるのだと思います。

ただでさえ「ドライバーとガイドは寝る」とささやかれる社会なのですから、いたずらに誤解を招かないよう、態度や行動にはもっと慎重であるべきではないでしょうか。

もし前日にガイドがドライバーの手袋を洗ってあげた場合、翌朝バスに乗り込むときに、「はい、どうぞ」と手渡すところをお客様に見られたとしたら、どうでしょう。「へえ〜、ガイドはドライバーの手袋を洗ってやったんだ。やっぱりね……」と変な勘ぐり方をされないでしょうか。

くどいようですが、なにも私は手袋を洗いたくないと言っているのではありません。気持ちよく仕事ができるドライバーさんには、相手の労をねぎらう気持ちから、「洗いましょうか」と声をかけることもあります。そういう言葉が自然に出てくるのです。

でも、そういうドライバーというのは、「汚れていないから、今日はいいです」とか、「車のそうじのときに自分で洗いますから」といって遠慮されるか、「そうですか、すみませんね」と恐縮しながら差し出される方が多いのも事実です。間違っても、「おい、手袋、洗わんか」と命令するようなことはありません。

先日、私より少し若いガイドさんが、いかにも納得いかないといった顔をして声をかけてきました。

「開さん、私たちの仕事って、よく考えてみたら異常ですよね。初対面の人（ドライバー）とドライブインなどで一緒に食事をしていて、『お茶！』と言われれば当然のようについであげる。そんなのおかしいですよね」

「そうよね。お茶をついであげたくないというのではないけれど、当然のように命令されるのはおかしいと思うわ。自分が飲むついでに、『いかがですか』と希望を聞いてからならわかるけど……」

　私もつい本音を言ってしまいました。

「それと、ドライバーさんの手袋をガイドが洗うという風習もおかしいですよね」

　意外にも、そのガイドさんの口から手袋の話が出たのです。彼女も私とまったく同じように感じていたことがわかり、嬉しくなりました。

「おかしいと思うわ。考えてもみて。一般の企業で女性社員が男性社員のハンカチを洗うかしら。そんなことしたら誤解のもとになるということで、上司に注意されてしまうわよね」

　私も日頃思っていることを話しました。その日はそれだけの話でしたが、最近、不思議な現象が起きているようです。というのは、先日、顔見知りのドライバーが、彼の会社のドライバーが手袋の洗濯のことで若いガイドとけんかしたという話をしてくれたのです。

それを聞いて、「ああ、こういうことが起きているということは、私たちと同じように疑問に感じているガイドもいるんだ」と、心強く思いました。

前にも述べましたように、私はセクハラを受けたとき、上司にこの風習を廃止するよう訴えました。「ガイドにドライバーの女房役はさせない」という意識改革を会社サイドに求めたかったからです。

まずは身近なところから、そういう空気をなくしていかなければ何も変わりません。「ガイドはドライバーの女房役ではない。協働関係のビジネスパートナーである」という意識を、まず会社の上層部の人たちから持っていただき、そうした態勢をつくっていただきたいと思います。

着せ替え人形遊びと伝言ゲームが大好きな人たち

あるバス会社の所長に、こんな話をしたことがあります。

「この業界って、その場にいない人に色とりどりの服を着せて、着せ替え人形遊びを楽しんでいるところがありますね。悲しい世界ですよね」

するとと所長は、

「俺もこの業界でいろんな人を見てきたよ。ちょっと注意をすれば、自己保身のために話を歪《ゆが》め、必ず悪口に発展する。残念ながら、この業界は上司といえども現場について回るわけにはいかないから、致しかたない部分はあるけどね。

だけど、そんな人間の目の動きや言葉づかいを見ていると、彼（彼女）が真実を話していないことはすぐわかる。嘘に嘘を重ねていると、つじつまが合わなくなるからね。現場を見ていなくても、そういう勘は鋭く働くもんだよ。信頼のおけない人間とわかると、仕事も選んでつけることになる。

まっ、開さんもそんな人間の言うことは耳に入れないようにすることだね。素晴らしい言葉はギフトとして受け取り、不要な言葉は捨てることもたまには必要ですよ。

噂話に蟻のように群がる人間は、仕事以前に人間として失格です。僕もそうはなりたくないと、いつも思っているよ」

　私がうなずきながら聞いていると、所長は笑って続けました。

「あの松田聖子を見てごらん。常に有ること無いこと書かれて、マスコミからターゲットにされているよね。有名人とはいえ、気の毒とは思うが、その反面、それは彼女がまだ芸人として人気と実力があるという証でもあるはずだ。

　開さんもそんな気分で、〝有名税をありがとう〟って、そういう人間に笑って言ってくださいよ。そうやって生きるほうが賢明というものだ」

　現在、所長とはビジネス上の付き合いはありませんが、この二十数年、折りに触れて、他愛のない世間話の相手をしていただいております。常に安らぎを与えてくれる方で、私だけでなく、バブリーな時代を生き抜いてきたガイドたちにとっても、思い出深い人の一人です。そういう方だけあって、現在に至っても、部下からの人望は厚く、彼の勤める会社も発展を続けています。

「仕事上の良きパートナー」が前提

地方のバス会社の中には、今でもガイドをドライバーより一段低く見る傾向があります。「ドライバーは人のいのちを預かっているから」というのが大きな理由のようです。ハンドルを握っているほうが上で、仕事が円滑にいくように心身をすり減らしてがんばっているガイドを過少評価しているのです。

今のような時代、めったにないことですが、お客様より「心付け」（チップ）を一つの封筒でいただいたとき、バス会社によっては6対4（ドライバーが6で、ガイドが4）の割合で分ける会社もあるようです。これを見てもわかるように、会社側には「ガイドはドライバーより下」という意識が依然としてあるようです。会社側は、どの会社も心付けは一切いただかないようにと指導はしていますが、それは表向きだけ。4対6の分け方は知っているはずです。知っていて黙認しているというのが現状です。

ガイドはドライバーより下という意識はドライバー自身にもあり、自分はガイドより上だと思い込んでいる人が少なくありません。たとえば、空港で顔合わせをしたときなど、こちらから、「おはようございます。どうぞよろしくお願いいたします」と挨拶をしても、なんの返事も返ってこない人がたまにいます。〝使ってやってる〟の意識でしょう。

「このドライバーは挨拶一つできない人なのか」と思っても、これから三日、あるいは四日は付き合わなければならない相手なので、グッとこらえて笑顔をつくります。そんなドライバーに限って、「そこは案内せんでいいから、こっちを案内しろ」などと横から余計な口を出したりします。

私たちは1日に平均8時間以上もしゃべり続けるので、声が嗄《か》れないようにマイクを調整しています。そういうことも無視し、自分が運転していてうるさいからと、マイクのボリュームを勝手に落としたりするドライバーもいます。

それに、ガイドがしゃべりやすいスピードというのを考えて、計算して走ってくれるドライバーばかりではありません。やたらとスピードを出すドライバーもいます。ガイドはお客様のほうを向いているので、進行方向に対して後ろ向きに立っていますが、景色の通り過ぎ方ですぐわかります。早すぎると頭が混乱し、バランスが崩れてトチリやすくなるのです。

会社はガイドとドライバーはあくまでも対等であり、仕事上の良きパートナーであるという前提のもとに、お互いが協力し合う方法こそを教育すべきではないでしょうか。

「ガイドは女房みたいにドライバーの手袋を洗うのが当たり前」と教え込むガイド教育がまかり通るようでは、（少々きつい言い方をするようですが、）この業界の未来はお寒いと言わなければなりません。

「吾は吾　君は君　されど仲良き」の精神で

世間の目とは裏腹に、ドライバーとガイドの間には「確執」のほうが多いのではないでしょうか。〝いい仲（色恋の仲）〟になるより確率より、こちらの確率のほうがはるかに多いと思います。

ドライバーとガイドといえども、お互い人間ですから相性もあります。価値観も違います。特に初めて一緒に仕事をするときは、第一印象で相手を判断し、勝手な先入観を持ったまま相手に接してしまうことが多いため、ビジネス共同体が成り立ちにくい場合が多々あります。

うまくいけば言うことはありませんが、いかないことの方が多いのは世の常です。こうなってしまったら、最優先されるべき〝感動を売る〟仕事場が修羅場と化して、大切なお客様までも被害者にしてしまいます。お互いの考え方に食い違いが生じたときは、よく話し合って誤解を解くことです。

「吾は吾　君は君」

と突き放すのではなく、

「吾は吾　君は君　されど仲良き」

という武者小路実篤の言葉を思い出したいものです。これは「人は人として認め、自分は自分として凛とした姿で目標を目指して進め。そうしていれば他人の動向など気にならないし、かえって他人とも仲良くやっていける」ということを教えてくれる言葉です。

武者小路実篤の「日向新しき村」の物語

武者小路実篤の話が出たついでに、彼の「日向新しき村」の物語を簡単にご紹介しましょう。これは、ツアーでお客様を宮崎県にご案内する際に紹介しているものです。

人間尊重、人類愛の思想を実現するために、人間が人間らしく生きられるユートピア「新しき村」が、宮崎県小丸川上流木城町石川内に誕生したのは、大正7年11月14日のことでした。当時、武者小路実篤は33歳という壮年でした。

大正6年頃から「新しき村」建設の計画が立てられ、ふさわしい土地を求めて小林市から串間市方面まで物色しましたが、なかなか見つかりませんでした。しかし、最後に小丸川をさかのぼり石川城址に至ったとき、ついに、「これぞ自他ともに生き、すべての人も生きる理想郷」を発見したのです。さっそく同志二十余人と房子夫人を伴って移り住み、6町歩の土地に「新しき村」を建設しました。

「新しき村」では長髪の男性が共同で働き、農産物を分配して暮らしており、当初は一般の人々は近づくことを避けていました。

農業生産が軌道に乗りはじめると、8時間労働のあと、美術、音楽、文学などを楽しむ余裕も出てきました。そして、村の記念日には盆踊り大会や仮装行列のほか、当時としては珍しいレコードコンサートなどもありました。人々はこういう農業生活もできるのかと、改めて「新しき村」を見直したのでした。

地元の人々がもっとも親しんだのは秋の記念祭でした。「新しき村」の秋の記念祭には、当時としてはハイカラな花火まで上がりました。また、狂言や芝居も行なわれました。大正年代の山村は娯楽に乏しかったこともあり、狂言や芝居はとても人気を博しました。年を追うごとに、秋の記念祭はすっかり近隣の名物となり、露店まで並ぶようになりました。

こうした中、武者小路実篤は自ら農耕に従事するかたわら、各地に出かけて講演も行なっていました。たまたま山口の旧制山口高等学校で「新しき村」の理想について講演した折、これに深く共鳴した2年生の杉山正雄は、学校を中退して、この村に飛び込んだのです。

武者小路は東京と宮崎を往復するうちに、秘書と関係を結び、子供まで生まれます。そんな〝事件〟があって、房子夫人と8歳年下の杉山青年の間に恋が芽ばえ、二人は深い関係になってしまいます。これが、いわゆる「新しき村の四角関係」と世に騒がれた出来事です。

ところが、米・麦・果実などの栽培がようやく軌道に乗り、これからが本格的な発展というときに思いも寄らぬニュースが舞い込みました。県営ダムの建設工事によって、村の最良地を含む田畑の一部が湖底に沈められるというのです。

これを機に武者小路は村を解散してしまい、その後は第二の新しき村を求めて埼玉県の入間郡に移り住みました。一方、房子夫人と杉山青年の二人だけは現地にとどまって、武者小路の意志を継ぐことを決心します。そして、その後も武者小路姓を名乗り、杉山青年とともに生涯にわたって新しき村の火を静かに灯し続けました。

結局、武者小路が「日向新しき村」にいたのは、大正７年11月14日から同15年１月までのわずか７年２カ月でした。

昭和43年には「日向新しき村」の50周年を記念して、武者小路が最初に新しき村を眺めた小屋町峠に文学碑が建立されました。その碑には武者小路の次のような言葉が刻まれています。

山と山が讃嘆しあうように
星と星が讃嘆しあうように
人と人とが讃嘆しあいたいものだ

以上の内容は、一般レベルのガイドなら誰もが案内することですが、大切なのは、ガイド自身がどれだけ武者小路実篤の思いと生き様を理解して、それをお客様に伝えるかだと思います。ガイド自身に深い理解がなければ、お客様からの共感も得られないのではないでしょうか。

案内文を暗記した通りに〝話す〟のではなく、自分の生き方や考え方と照らし合わせてこそ、武者小路の思いや生きざまへの理解が深まり、おのずと〝力説〟できるようになるのではないでしょうか。

同じ案内文でも、そのときの自分の状況によって毎回新しい発見があります。案内文を繰り返し伝えることによって自分自身も成長する、それがガイドの役得です。

もう一つ。宮崎を訪れたら、『古事記』に基づく神話も絶対はずすことはできません。長くなるので、ここでは割愛しますが、神話の案内も私の十八番《おはこ》の一つです。いつか機会がありましたら、みなさんにもぜひご披露したいものです。

2　それでも因果な両者の関係

ガイドの評価はドライバーの手中にある

話が横道にそれたので戻しましょう。

ガイドの中にも、当然ながら優秀な人とそうでない人がいます。しかし悲しいかな、ガイドの評価はお客様や会社ではなく、旅をともにするドライバー次第というところがあるのです。

「すばらしい案内をしてくださってありがとうございました。おかげで思い出深い良い旅になりました」

と、感謝の言葉やお手紙をくださるお客様が多くても、ガイド（外注ガイド）に対する評価というのは、「こんなガイドでした」とドライバーが会社に報告する内容によって決まるところがあります。

どんなにお客様の評価が高くても、ドライバーと折り合いが悪ったら、それこそ「出来の悪いガイド」という烙印を押されてしまいます。逆にドライバーの評価は良くても、仕事ができるとは言えないガイドもいるのです。問題は、評価に一定の基準がなく、ドライバー個人の主観にまかされているところにあるようです。

一口にドライバーといっても、きっちり案内のできるガイドを好む人もいれば、案内はそこそこでも若くて愛嬌がよければいい、あるいは陽気に座を盛り上げてくれるガイドがいいという人まで千差万別です。評価の基準がない限り、同じガイドでもドライバーによって評価がガラッと変わってしまいます。

バス会社の上司にお願いしたいのは、ドライバーの言うことをそっくり真に受けるのではなく、そういう報告をしているドライバー自身はどんな人物なのか、まず本人の評価をしっかりした上でガイドを評価していただきたいということです。ドライバーが報告した内容を無批判に受け入れていると、ガイドの評価を誤ることになります。残念ながら、最近はそのようなことができる上司が少なくなってきているようです。

要領のいいガイドはドライバーの気を引くのが上手

ガイドの評価はドライバーの手中にあるということは、ガイドなら誰しもわかっています。そこで要領のいいガイドは、ドライバーのご機嫌取りに余念がありません。事あるごとに缶コーヒーなどのドリンクを買ってあげたり、お世辞をいって気を引くことを忘れません。プライドというものがないのでしょうか。

たとえば、こういうガイドがいました。一昨年、５台のバスを連ねて一緒に仕事をした中の一人ですが、四十代半ばにもなって、「あちらに見えてきたのは東京タワーです。高さは３３３メートルで……」といった、ごく初歩的な案内すらできないのです。しかし本能的な知恵といいますか、どういうことをすれば生き残れるかをよく知っていて、ドライバーに気に入られるように、ありとあらゆる手段を使うのです。電話攻勢、メール攻勢を見ていると、逆セクハラの感さえありました。

彼女の携帯の中にはドライバーの名前がびっしり登録されていて、休憩時間になるたびに周囲かまわず、電話のかけっぱなしです。

それまでずっとがまんして無視していたのですが、あまりにも目に余るので、思い切って彼女に言いました。

「○○さん、あしたの市内の案内（1年生ガイドが回るような基本コースです）、できますか。あなたも他のみんなも同じギャラをもらって働く外注ガイドですよ。あなたがきちんとしなかったら、バス会社、お客様、他のメンバーにも迷惑がかかるのよ。今夜は寝ないで暗記してください。資料は持っていますよね」

と聞くと、

「資料って？（そんなもの）持っていません。路線図しか持っていません」

と言うのです。唖然としましたが、できるだけ感情を抑えて、次のように言いました。

「○○さん、仕事はお遊びじゃないのよ。あくまでもプロとしてこの場に来ているんですから、今すぐ携帯に入れているドライバーのメモリーを全部消して、仕事に没頭してください」

少々厳しかったかもしれませんが、そのときはメモリーをすべて消させて、徹夜で暗記させました。そうすることが彼女自身のためでもあると思ったからです。

その後、その人は、私の知らないドライバーや新人のドライバー、同類のガイド仲間に、私の悪口をずいぶん吹き込んでいたようです。私がきつく指導したことに対して復讐しているつもりなのでしょう。そういうことが耳に入るたびに私も不愉快な気持ちになりますが、言わせておけばいいと無視しました。私がなぜ叱ったのか、彼女自身が一番知っていると思ったからです。このように単なる日銭稼ぎで、座っているだけのガイドも実際いるのも確かです。

初歩的な案内をしないだけでなく、観光地に行っても案内をしないでガイド席のイスに座っているようでは、あのとき私が指導しなくても、いずれ誰かほかのガイドさんに叱責されたでしょう。その人が私より手厳しくないという保証はまったくありません。別のやり方で、もっと厳しく行なう可能性だってあります。

勘違いをしては困ります。これは「いじめ」ではないのです。プロのガイドとしての自覚を持ち、自分の役割をしっかり果たしてほしいとの思いから「指導」しているだけなのです。指導する側にも相当のエネルギーがいります。指導を受けた人の中には、（指導してくれた人のことを）陰で笑ったり悪口を言っている人がいるようですが、もし私が逆の立場だったとしたら、それをしてくれた先輩や仲間に感謝こそすれ、逆恨みをしたりすることはないでしょう。それが職業倫理というものです。

火のないところにも煙が立つ世界

ガイドもドライバーも上司の見ていない場所での仕事ですから、いくら会社が教育しても目が届きません。規則の１００％のうち50％しか守れなくても、だんだんそれが当たり前になっていきます。たとえ注意を受けても、自己保身の言い訳でうまく身をかわします。

当然ながら、乗務員のけんかも必ず上司の目の届かない出先において発生します。それも、たわいのないことから芽が出て、枝が伸び、葉が繁り、花が咲きます。

乗務員の集まる食事の場などに行ってみてください。上司か同僚の噂話や悪口で盛り上がっていることが多いものです。そうでなければ、心付けが出たとか、食事代が出ないとか、お金のことが話題になっています。

はたまた、ドライブインでお茶代が出たの出ないのとか、どうでもいいことさえ話題になります。中には社内の人間の悪口を言って、他社の人間と仲良くしたがる人もいます。自分の素性を知らない人に箔をつけたいのでしょう。

言うまでもなく、こうした人ばかりではなく、聡明ですばらしい人もいます。しかし、聡明な人が多少いたところで、長年にわたって培われてきた観光バス業界特有の体質はそう簡単には変わらないでしょう。朱に交わっても赤くならない努力をしなければなりません。また、身に覚えのない噂話をでっち上げられたときは、落ち込んで涙するよりも、「有名税をありがとう」と笑って受け流したほうが賢いようです。

私も、これまで根も葉もない噂話にさらされてきました。ガイド以前に人間性を否定されるような誹謗中傷に泣いたり、怒ったり、悩んだりしたものです。火のないところに煙が立つ世界でどう生きていったらいいのか、わからなくなったこともあります。

噂話はどこから出てきたものかと元をたどってみると、根源は必ずといっていいほど、お世辞にも仕事ができるとは言えないような人たちでした。仕事の未熟なガイドというのは、概してドライバーとのアバンチュールが多く、お金にもルーズな人が多いようです。だから、誰もが自分たちと同じことをしていると思い込んでしまうようなのです。そんな人たちのターゲットにされたのではたまりません。

私も若い頃は憤慨して、白黒つけるために突進したこともあります。しかし、前にもまして叩かれるだけ。そんなことをするよりは、自分だけは同じ土俵に上がらないような生き方をすればいいということに気づきました。

ガイドは花形役者、ドライバーは名脇役

仕事の経験も浅いのに、寄るとさわると会社の悪口を言うドライバーがいました。やれ、会社の決まりごとがなっていないとか、やれ、仕事が少ないのは営業の力不足だ、自分を注意した上司はけしからん、あいつはどうだとか個人のプライベートなことまで持ち出す始末。ところが、そこまで会社と上司を罵倒しながら、お客様に対しては要求されない名刺を自ら差し出しているのです。

「私をよろしく」だけで、「会社をよろしく」が微塵も感じられない名刺配りは、決して実を結ぶことはないでしょう。

真の人材といわれる人には愛社精神があります。愛社精神のない人間に仕事を任せなければならない会社は不幸ですが、愛社精神のないまま仕事をしている人間のほうがもっと不幸です。

私たち乗務員がこうして仕事ができるのも、見えないところで支えてくれている人

たちのおかげです。どんなときも、それを忘れてはいけないと思います。

旅行会社にしても、営業の人がお得意さんをまわって「今年の旅行はウチでお願いします」と頭を下げ、相見積もりがあって、大した利益が出なくてトントンであっても、贅沢は言っておれないと仕事をもらってくるわけです。

そうすると、今度はバス会社の営業さんがその旅行会社に行って、頭を下げて仕事を取ってくる。そしてその次は、勤務係りの人が、「ガイドが足りない。さて、どうするか」と、ねじり鉢巻をしながら手配に奔走する。そうやって積み上げられてきた仕事に対して、最後の仕上げをするのがドライバーとガイドです。いいかげんなことはできません。

不平ばかり漏らしているドライバーに言いたいのは、「私たちは最後の花形のステージをもらっているんですよ」ということです。歌舞伎でいえば、ガイドは花形役者で、ドライバーは名脇役です。花形役者が上で、名脇役が下というのではありません。両者がそれぞれの役を十分やりきることで、初めてすばらしい舞台となるのです。どちらが上でもなく、ましてや下でもなく、役割分担なのです。

ですから、ドライバーはガイドをバカ呼ばわりするのでなく、輝かせてほしいのです。そうすれば、おのずと自分の評価も上がるのです。ドライバーにはそこのところを認識してもらいたいと思います。

私たちは最後の花形のステージを精一杯飾り、黙っていても旅行会社の営業さんから、「良かったですよ」と言われるような、そんなドライバーであり、ガイドでなければならないと思います。

第4章

派遣添乗員様、もっと勉強を

1　促成栽培の人材とのギャップのなかで

勘違いはいけません、一番偉いのはお客様

ご存知のように、近年さまざまな業界に派遣スタッフが参入するようになりました。看護婦さんや事務職の派遣の場合はある程度仕事のできる人がやって来ます。というのも、そうした職種は継続して仕事があるので経験を積むことができるからです。

しかし、派遣の添乗員の場合は観光シーズンだけで、あとは仕事がほとんどないために、いわゆるアルバイト感覚の人が多いのが現実ですし、入れ替わりも激しいようです。そんな人がホテルやドライブインから、「添乗員様、添乗員様」とちやほやされるため、急に偉くなった気がするのでしょうか、「このバスの中で自分が一番上なんだ」と錯覚し、中には自分一人で仕切ろうとする人さえいます。しかし、これだけは絶対に勘違いしてはいけません。一番偉いのはお客様なのです。

また、私たちガイドやドライバーに対して高飛車な態度をとり、上からものを言う派遣添乗員をよく見かけます。わずか1年くらい経験しただけで、もう一人前の添乗員気取りです。未熟な彼らを見ていると、つい「あなたの生まれる前から私はガイドをしていたんですよ」と、嫌味のひと言も言いたくなります。

しかし、悲しいかな、いくら素人さんであろうとも、相手は旅行会社の代表として来ていますから、ヘタなことを言えばクレームをつけられるのがオチです。〝耐えがたきを耐え、忍びがたきを忍び〟の境地で、忍耐あるのみです。

また、最近の派遣添乗員は必要以上にマイクを握りたがる傾向があります。マイクをとって、ガイドそっちのけでコースの説明をはじめる人までいます。きちんとできるのならまだしも、地域の感覚もまったくない素人さんたちなので、説明はチンプンカンプンです。添乗員の長話のために、案内すべき観光地は次々と過ぎ去ってしまいます。これでは私たちガイドの仕事を台無しにするだけでなく、お客様に対しても失礼です。

しかも、その態度も気になります。たとえば、乗務員に対して指示するときでも、「何時何分、出発です」とぶっきらぼうに言うのではなく、「何時何分出発でいかがでしょう」と歩み寄るゆとりを持っていただきたいものです。

三人（添乗員、ドライバー、ガイド）が協力してこそ、お客様満足度に反映するのです。会社の体質が派遣の添乗員にまで反映しているとは申しませんが、勉強不足の派遣添乗員が乗り込んでくるのを見ていると、「この運行の責任者はどこにいるのかしら」と思ってしまいます。けれども、悲しいかな、格安のバーゲンツアー全盛期の現在、そういう運行しかできないのも事実です。そんなご時世なのです。

現場知らずのスケジュール至上主義

ガイド業務の中で最近よく発生するのが、派遣会社から差し向けられた添乗員とのトラブルです。近年は大半が派遣添乗員で、社員の担当者が同乗することはめったにありません。特に格安のバーゲンツアーは、すべてといっていいほど派遣の添乗員です。

派遣添乗員の中でも最大手の旅行会社のネームプレートをつけてきた場合は、概して一段上からものを言う人が多いようです。その人たちの仕事のやり方は、スケジュール至上主義とでもいうのでしょうか、旅行会社がつくったスケジュールを滞りなくこなすことだけを最大の使命と考え、運転手やガイドに対してもデータ中心に指示してきます。

現場の者から言わせていただくと、このやり方には問題があります。データ通りにいかないのがこの仕事なのです。そのため、わかりきったコースであれ、旅程管理をする添乗員が必要なのでもあります。曜日や天候によって交通量も違い、所要時間も変わります。お客様の人数や年代などによって乗り降りの時間も、観光の時間も変わります。データだけでは見えないものがたくさんあることを知るべきでしょう。

こんなことが発生するのは、旅に対する着眼点の違いにあるのかもしれません。派遣の添乗員はスケジュールをクリアするためにデータ重視となり、ガイドは何といってもお客様重視です。できるだけお客様に喜んでいただけるよう、年代や出身の土柄などを考慮した時間配分を考えてしまいます。そういうことから、派遣の添乗員とははじめから噛み合わないのかもしれません（もちろん、中には若くても派遣でも聡明な人もいます）。

それと、旅が終盤に近づいた頃、たいていの派遣添乗員はお客様からアンケートをとります。旅の意見や感想を聴き取ろうという意味合いですが、あまり意味があるようには思えません。なぜなら、三泊四日で3万円くらいの格安ツアーで、お客様から満足の声やお褒めの言葉をいただけるはずがないからです。

少し辛口で言わせていただくなら、こんなアンケートは旅行会社の体裁つくりとしか思えません。「うちはここまでやっています」、「ここまでお客様のサービスに努めています」とアピールしていると受け取られても仕方がないのではないでしょうか。

もしアンケートをとるのでしたら、「価格に見合う内容でしたでしょうか」というひと言を必ず入れてほしいと思います。というのは、お客様の中には、価格は格安であるにもかかわらず（ご自分が支払った金額を忘れて）、内容は極上のものを求める方もたまにいらっしゃるからです。

添乗員になるなら最小限の人生勉強も必要

お客様からすればガイドと添乗員は同じ土俵にいるように見えるでしょうが、こちらからすれば互いに求めているものも役割も大きく異なります。その点、派遣ではなく旅行会社の社員の担当者だと、自分のつくったコースに自分の大切な顧客の添乗をしてくるので、私たち乗務員とも気持ちが通じ合えます。旅行に対する思いや価値観が同じだからでしょう。だからこそ、いい旅を提供できるのでしょう。

本来の添乗業務というのは、飛行機の手続きや食事の場所、ホテルへの入り込み連絡、観光地の代金支払い、夜の宴席のお世話などです。社員の添乗員は、こうしたことをしっかりわきまえています。しかし、派遣添乗員の中には、バスの走りが速いとか遅いとか、前回のデータに比べたらどうだとか、本来の業務と関係ないことばかりにこだわったり、ガイド気分でいつまでもマイクを離さないなど、越権行為に及んだりする人もいます。

また、ホテルやドライブインに対しても「お世話になります」ではなく高飛車な態度に出る人もいます。大手エージェントの社員の添乗員は得てして、頭が低いものです。決して派遣の人達の態度姿勢とは違うものが漂っています。社員の添乗員が来ていた頃から、ドライブインは「お客様を入れていただきありがとうございます」の気持ちをこめて、ちょっとしたお土産を渡したものです。それがしきたりとなり今も続いているところもあるので、派遣の人もその恩恵にあずかることもあります。そういうこともあって妙な優越感を持つのでしょう。

しかし、勘違いをしてはいけません。今はもう時代が違うのです。バーゲンツアーは、ドライブインからの協賛金や売り上げのバックマージンが旅行会社に支払われるから催行できるのです。にもかかわらず、十分な時間を取らない添乗員と買い物をしない客に泣かされているのはドライブイン側ではないでしょうか。売り上げがなくても、バスが入るたびに決められたバックマージンを取られるのですからたまらないでしょう。そのあたりをしっかり認識して、お客様にも納得してもらうように尽力するのが本来の添乗員の役目ではないでしょうか。

また、ホテルにおいても、添乗員には乗務員よりワンランク上の食事と部屋を提供し、中には冷蔵庫をオープンにしたり、夜食やフルーツの差し入れまでするところもあります。これは景気が良かった頃に、社員の添乗員に対して御礼の気持ちで行なっていたことで、その慣習が今もわずかに続いているのですが、これを当たり前と考えている派遣添乗員もいます。ホテル側のこうしたサービスは、近年はさすがにひと頃の過剰さはなくなりましたが、依然として続いているところもあります。

乗務員をけなし、データをにらみながら指示するだけの添乗員なら必要ありません。最近は走行中に、お客様のことはそっちのけで、口を開けて寝込む派遣さんが非常に多くなりました。派遣であっても添乗員になりたいと希望するなら、その前に人間として必要最小限の人生勉強をこそしておくべきでしょう。私たちの仕事は決して促成栽培でできるものではありません。大人として成長した添乗員、ドライバー、ガイドがお互いに認め合い、きれいな正三角形となって仕事をしたいものです。

派遣添乗員の対応のマズさからトラブルに

派遣の添乗員になるならば、その前に必要最小限の人生勉強をしてほしいと述べましたが、何もいじわるや老婆心から言っているのではありません。それが欠けていたために、実際の仕事現場においてトラブルになった例がたくさんあるからです。たとえば、こういうことがありました。

今から3年ほど前、東京からのお客様90名をご案内する格安ツアーでのことです。空港でお迎えし、バス2台に分乗して焼物店に直行しました。そこで昼食（オプションでした）の予定でしたから、私の乗っていた1号車のお客様には、「あとのスケジュールが詰まっていますし、時間内に確実に食事がとれる大きなレストランが近辺にありませんから、オプションに参加しておいたほうが無難ですよ」

空港出発後すぐにアドバイスさせていただきました。そこで1号車は全員が参加しましたが、2号車では参加しなかった方が20名くらいいたようです。

食事が終わって、いざ出発というとき、近くのレストランのオーナーが血相を変えて飛び込んで来ました。

「ちょっと待ってくれ。このバスに乗り込んだお客さんで、ウチの玄関に飾ってあった花を摘んでいった人がいる。黙って人のものを持ち去るなんて非常識だ。窃盗だよ。このツアーは連続して来ているようだが、いつもこんな風にして持って行かれるんだ。いい加減にしてくれ。店の前の花はもう無くなってしまったよ。客のマナーがまったくなっていない。添乗員さん、お客さんにマナーを教えるのもあなたたちの仕事じゃないですか」

オーナーの剣幕にただならぬものを感じたのか、私の乗っていた1号車の派遣添乗員は、「すみませんでした。今すぐ確認いたします」と謝り、すぐさまバスに戻って確認を始めました。しかし、2号車の派遣添乗員は、

「ウチのお客さんが持って行ったとおっしゃいますが、確実なんですね。見てたんで

すか！　もう出発時間なんですよ」と、強気に出たのです。その態度にオーナーはもうカンカンです。

「あんたら、添乗員がこうだから、客のマナーもこうなるんだよ」

「いいから、今すぐ確認しろ」と声を荒げました。

1号車のお客様は全員オプションを頼んで食事をしていたので、オーナーの店先の花を取るなどまず考えられません。それでも確認のためにということで、添乗員が「お客様、申し訳ありません。実はこうこうで……」と恐縮しながらたずねると、お客様の一人が、「そういえば、お花を持った人が2号車に乗り込むのを見ましたよ」と教えてくれたのです。

ところが2号車では、いくら確認しても、誰一人、「私が取りました」と申し出る人がいなかったために、添乗員がオーナーに、強気で「誰もいませんでした」と伝えました。それを聞くや、オーナーはますますカンカンになって、

「ウチの花を持って行った客がこのバスに乗り込むのを、俺はたしかにこの目で見たんだ。毎回このツアーの客はとっていく。そうか、だったら出発させない。今すぐ警察を呼ぶから待ってろ。窃盗を見逃すわけにはいかない」

オーナーはバッグから携帯電話を取り出すと110番にかけようとしました。そのとき、「すみません、私が取りました」と、2号車の奥のほうから中年の女性が三名名乗りをあげたのです。その花を持ち帰り自宅の庭に挿し木にするつもりだったそうです。

やれやれ、おかげでバスは予定の時刻を40分遅れて出発することになりました。一部の人たちの不始末と、それに対する派遣添乗員の対応のマズさから、周囲のみんなが迷惑をこうむったのです。添乗員がもっと人生勉強を積んでいる人であったなら、少なくともこうした事態は招かなかったことでしょう。

どうして現状を見た仕事ができないの？

大手の旅行会社の各支店では、ひと頃までは質の高い仕事もありましたが、だんだんそれも少なくなっています。こういうご時世ですから、営業担当者も集客できなくなっているのです。そのため営業マンも、本来の仕事とは関係のない部署でワイン売りをさせられたり、カード作りをさせられたりしているケースもあります。いつでしたか、知り合いの優秀な営業マンが、「僕はこんな仕事をするために入社したんじゃない」とこぼしていましたが、私たちガイドだって、信頼のおける旅行会社の支店できちんと旅のノウハウを熟知した社員添乗員とオーガナイズされた仕事をしたいのです。

支店の営業マンも、自分がとってきたお客様だからこそ大事にしてほしいという気持ちが強いです。また、自分の仕事の最後のしめくくりがドライバーとガイドだということがわかっているので、地位があり責任感の強い社員添乗員はみなドライバーとガイドとのコミュニケーションを非常に重視するのです。ですから、「ガイドさん、あと何分ありますか。どの道路を通ればいいですか」などと、きめ細かく聞いてくれます。役割分担を熟知して仕事をしておられます。

それに引きかえ、派遣の添乗員はデータ一本やりで、なかなか融通がききません。お客様の中に高齢者やおみ足の悪い人がいても、構わず、「ここは40分でやって」などと命令口調で言う人もいます。

それに、とにかく宿入りを早くするのがベストと考える傾向にあり、本来の観光時間を軽視しています。都会のガイドさんと違い、九州は歩いて歴史を堪能するので、すべてガイドが観光地誘導をします。そのため、十分な徒歩観光時間が必要になります。派遣の添乗員は、こうした最も基本的な〝現状を見た仕事〟ができないのです。

協賛会社の協力を忘れてはいけません

ドライブイン側は、売れようが売れまいが、旅行会社に要求されたバックマージンを一人頭勘定で支払わなければなりません。ところが添乗員が派遣の場合、そのあたりの事情をよく知らないために、買い物の時間を10～15分しか取ろうとしないことがあります。

「ここのバックマージンは高いでしょ。もう少し時間を取らないと、お叱りが来ますよ」と、そっと耳打ちしても、派遣の添乗員は、「いいえ、前のデータはこうなっていますから」とか、「1本遅れていますから」などと言って先を急ごうとします。

立ち寄りが出たとき、お客様からは、「また買い物タイムなの」と言われることがあります。しかし、そういうツアーを選んだのはお客様自身なのです。そんなとき私は心の中でこう叫んでいます。

「お客様、ツアーには立ち寄りは付きものです。どうしてでしょう。ツアーの料金はいくらでしたか。羽田から福岡までの片道料金ですでに元を取っていますよね。そういうことができるのも、ホテルやドライブイン、団体写真屋さんなどから協賛金が出るおかげです。こういうところは、いわばスポンサーであり、パトロンですよ。パトロンなしで愛人は生きていけません。もしもよそでお土産を購入する気がおありなら、ぜひこちらのほうをかわいがってください」

笑いながらお客様にこのようにはっきりと言えたら、どんなにいいかと思う今日この頃です。

しかし、人生経験の乏しい派遣添乗員は、「福岡空港に行けば○○屋があります、△△屋もあります」と、決して口にしてはいけないことを平気で言います。協賛会社に協力しなかったら、旅行そのものが成立しません。こんな基本的なことさえ忘れているのです。

それに、お客様の要望があっても、それに応じてみだりにバスを停めることはできません。なぜなら、一台いくらと高い料金で、個人で貸し切ったバスとは違って、ツアーは決められたコース通りを通らなければ保険もおりないからです。コースにないところを通っていて、万一事故でもあったら、バス会社の責任は重大なものです。派遣の添乗員はそういうところまで考え、言動には十分注意していただきたいと思います。

食事にしても同じです。安いツアーのお客様は、たとえば山の中のドライブインでオプションの食事をとる際、ここで食事をしなかったら夜8時にホテルに着くまで食事のため停車はできませんと言っても、「きのう空港で買ったおにぎりが残っているから」などと言って注文しない方がいるのです。せいぜい800円くらいのオプションの食事だったら、ぜひ協力していただきたいものです。お客様にもツアーに対する知識があれば、すべて円満にいくのですが……。

また、こういうお客様は、必ずあとになってどこかで食事がとれませんかって言われます。ツアーはコース変更が絶対にできないのです。

旅行会社にお願い、添乗員の人選は慎重に！

つい昨年のこと、こんなことがありました。五日間の九州一周旅行でしたが、派遣会社から来た添乗員は最初の二日半はドライバーを徹底的にいじめ、残りの二日半はガイドの私をいじめ、ついにはバス会社に対して乗務員の態度が悪いとクレームの電話を入れたのです。このときばかりは、因果な商売だとドライバーとともに泣きました。

概要はこうです。まず初日、ドライバーと私が空港で添乗員をお出迎えしたとたん、熟年のドライバーを一瞥《いちべつ》して、とっさに出た言葉は驚くべきものでした。

「なによ、老人会じゃあないのよ。髪もろくにないし……」

その後も、（そのドライバーが）年寄りだから走り方がのろいだの、高齢であることを理由にさまざまな言いがかりをつけてきました。途中、バスレーンを走っていたら、運転席にツカツカと歩み寄ってきて、

「どうしてこの車線に入るの!!　ほかのバス会社はこんなところは通りません!!」

とわめき散らすのです。その異常さに眉をひそめるお客様もいたくらいで、まったく始末に負《お》えませんでした。

その後もドライバーに対するいじめが一日半続き、三日目の昼食あたりから、鉾先がガイド（私）に移りました。案内中ににらみつけたり、「マイクの音をもっとしぼれ」、「観光地で時間を取りすぎる」などといって、私のすることに対してことごとく

難クセをつけてくるのです。そして、あと1日を残した四日目には、バス会社にクレーム入れる始末。いわく、「くだらない乗務員でやりにくい」と。

そして、車内でマイクを握り笑いながら〝人の不幸は蜜の味〟とまでも言いきる始末の悪さ。

バス会社は旅行会社から仕事をもらう立場ですから、一歩下にいるわけです。この弱い立場につけ入って、遊び気分でわがままぶりを発揮するのですからたまりません。このときばかりは、気丈な私もマイクを持ちながら涙が止まりませんでした。あえて場所とは関係のない悲しい話をして、お客様の手前を取りつくろったものです。ドライバーも、バス会社が旅行会社にクレームをつけられない関係を嘆いていました。結局、あまりのわがままが災いして、この方は添乗員の職を追われました。

すべての派遣添乗員がそうだとは言いませんが、こういう幼稚な人が確実に増えています。昔のすばらしい添乗員を知っているだけに、嘆かわしい時代になったものだと溜め息が出ます。

旅行会社も、派遣会社を選ぶときは、添乗員の人選にももっと注意を払っていただけるとありがたいです。派遣の添乗員はバス会社にクレームをつけられる立場にあっても、乗務員はよほどのことがない限り、旅行会社にクレームはつけられないのですから。一方通行の関係からは、決して良い結果は生まれません。お客様のツアー離れとなる原因にもなりかねません。

　また、派遣の添乗員を差し向ける以上、旅行会社もこの点をしっかり把握し、時にはホテルやドライブインなどで実態調査を行なっていただけるとありがたいものです。そうすることで、お互いの意思疎通もうまくいくようになり、気持ちよく仕事ができるようになると思います。そのことが、お客様の満足度を呼ぶ結果ともなるのではないでしょうか。

第5章　忘れえぬ人々

良かれ悪しかれ、客のことを口外しないのがガイドです。しかし、「こんなすてきな方々に会ってきた」ということをご紹介したくて、今回は例外とさせていただこうと思います。ただし、個人のお名前はプライバシー保護を考慮して、すべて仮名とさせていただきました。また場所等におきましても、個人が推定されることのないよう、すべて変えてあります。

関西の区議会議員の皆様

これまで30年にわたる私のガイド人生の中で、実にさまざまな人々と出会ってきました。ほとんどの場合、お客様とは1度限りのお付き合いということもあり、一期一会を大切にしてきましたが、時が流れても、どうしても忘れられない方が何人かいます。そのお一人が森山つよし先生（仮名）です。

先生との出会いは今から15〜16年くらい前になります。関西の区議様方が視察旅行で九州を訪ねられたときに、ご案内させていただいたのがご縁でした。それが最初で最後、以来、1度もお目にかかっていないのですが、森山先生のことは忘れたことがありません。

市議会議員や区議会議員の方というのは、何かと緊張を強いられるお客様です。特に議長は厳しい方が多いのです。ところが、森山先生は当時議長をされていましたが、まるで違っていました。先生の温厚なお人柄を反映してでしょうか、議員さんたちが和気あいあい、みんな仲がいいのです。

長崎においでになったお客様には、放射線の研究に生涯を捧げた永井隆博士について語るのがガイドの使命です。そこで、このときも平和公園をご案内する前に、先生方にもいつものように永井隆先生のお話をさせていただきました。永井先生の愛の生涯をすべてお話しすると45〜50分くらいかかりますが、絶対にカットできないのです。

永井先生が「生きる信条」とした言葉は、聖書の中にある、「己のごとく隣人を愛せよ」でした。己のごとく人を愛すということは、人間にとって一番大切なことであり、幸福への道であると知っていても、それを実践するのは難しいものです。しかし、いつもこの言葉を自分の中で反芻《はんすう》していれば、わずかでもその精神に近づけるのではないかと思います。

この言葉は、私がバス会社で基礎教育を受けたときに真っ先に覚えた言葉でした。

もし私がガイドの道を選んでいなければ、こんなすばらしい言葉にも出合っていなかったでしょう。こんな言葉に出合えるのもガイドの役得です。

永井先生のお話をすると、お客様の中には、「うるさい」とか「暗すぎる」といったクレームをつける方もいます。そこで私は、この話をする前には次のようなお断りをしています。

「これから50分間にわたり、永井先生の愛の生涯、家族愛、夫婦愛、親子愛の話をさせていただきます。親子愛というのはいつの世でも、どこの世界でも変わらないものです。郷里にお帰りになられたら、お子さまやお孫さんとの団らんのひとときに思い出していただければ幸いです。どうぞお心とお耳をお貸しくださいませ。それでは心をこめてお話させていただきます」

こんな前置きをしても、「いつ止めるのか」としきりに腕時計を見る人や、あからさまに新聞や雑誌を広げて読む人などもいます。そういう人を見ると、途中ではしょりたい気持ちになります。というのは、お客様の顔色をうかがうと動揺が入ってきて、平常心で話せなくなるからです。この辺で止めたほうがいいだろうか。どこで切ろうか、中途半端なところでは切りたくないといった葛藤が生まれるのです。私は、見回して3分の1の方が傾聴してくださっている場合は、そのまま続けるようにしています。

悲しいかな、このように、ガイドはいつもお客様の顔色をうかがいながら仕事をしているのです。私生活においても、そんな習性が出ているのではないかと思うことがあります。最近は、それがイヤになってきています。

しかし、森山先生ご一行は違っていました。皆さん、最後まで静かに私の話に耳を傾けてくださったのです。中でも森山先生は大変感動されたご様子で、何度も何度も涙をぬぐっておられました。そしてバスを降りたとたん、「映画を観ていたようです」と言ってくださいました。

平和公園（昔の駐車場：現在は公園の地下駐車場となっている）に着いたとき、先生は、目に飛び込んできた建物を指差して、

「開さん、あれは何ですか」

と聞かれたので、

「無縁仏の納骨堂です」

とお答えすると、

「ああ、恥ずかしいなぁ。あんな公衆便所の横に、日本の戦争の犠牲になられた方々の納骨堂がつくられているなんて。私たち政治家がもっとしっかりしないといけないな」

ご自分に言い聞かせるようにしみじみとおっしゃっていた言葉が、今も私の耳から離れません。なんと温かい方なのでしょう。日本の政治家がみんな森山先生のような方だったら、日本はもっと良くなるだろうと思ったことを覚えています。

平和祈念像をご案内してバスに戻るとき、折からの冷たい風に思わず肩をすくめていると、「寒いでしょう」と言って、先生がご自分のしていたマフラーを外して、首に巻いてくださいました。先生の優しさに心が打たれました。

そのあとバスに戻り、みんなでしばらく雑談をしているときでした。私が、

「先生、選挙のポスターを撮影するとき、どんなことをいちばん気になさいますか」

とお聞きしたところ、

「いかに普通に見えるかということですね」

と答えられました。どこまでも謙虚で、おごり高ぶったところがまったくない先生の一面を見る思いでした。その後、区長にまでのぼりつめ、何期か務められたようで

す。できることなら、もう一度お目にかかりたいものです。

余談ですが、この本を書こうと思い立って、昔の資料などを引っ張り出していたとき、１枚のメモが古いシナリオ帳の間からハラハラと落ちてきました。拾い上げてみると、なんと、それは森山先生がバスの中で走り書きしてくれたみなさんの座席表でした。時の流れを映すように紙はすっかり黄ばんでいましたが、先生の誠実さや温かさがにじみ出ていました。なつかしさのあまり、思わずほほずりしてしまいました。

北陸の市会議員の皆様

関西の区議さんたちと同じように、やはり和気あいあいの議員さんたちがいました。北陸の市会議員さんたちです。国会中継とは違って、党派を超えた団結心が伝わってきました。その日、宿泊するホテルが近づいてきたとき、お一人が、

「ホテルに着いて一服したら、みんなで出かけようね」

と全員に呼びかけました。そのとき私の近くの席にいた議員さんが、

「ねえ、開さん。あの人、何党だと思う？」

とこっそり聞かれるので、私は迷わず、「自民党でしょう」とお答えしたところ、その議員さんはいたずらっぽく笑って、「共産党なんですよ」と言うのです。「えっ、野党の方だったんですか。こんなにあけすけにお話ししてもいいんですか」と私が言うと、「いいんですよ。あの人は自民党寄りの共産党ですから」と言われ、そこで大笑いになりました。

いよいよお別れというとき、涙で曇った目で先生方をお送りしながら、「先生方はみんなすばらしい方ばかりだと思いますが、これだけの人を選んだ市民はもっとすばらしいと思います。先生と呼ばれる立場にあるのも、こうして視察旅行に行けるのも、みんな市民の皆様のおかげです。感謝してくださいね」と、つい生意気なことを言ってしまいました。私にそんなことを言わせるようなものを、どの先生方もお持ちだったのです。

その夜、おみやげにいただいた赤肉りんごでつくったワインをいただきながら、一人ひとりの顔を思い浮かべていました。ふくいくとしたワインの味わいに、心身ともに癒されたことを覚えています。

札幌の弁護士と事務所のスタッフの方々

それは札幌の弁護士と秘書の方、およびスタッフの方々との三泊四日の旅でした。世の中にはこんなにも心温まる弁護士さんがいらっしゃったのかと、そのお人柄にはすっかり感動させられました。おごり高ぶったところがまったくないのです。

先生が先生なら、勤務されている若い弁護士の方も大変すばらしい方なのです。先生の事務所に勤めるようになったきっかけをお聞きしたところ、道内の法律事務所の中で急成長しているところを探しているとき、先生の事務所を見つけ、「どうしてここまで発展したのだろうか。それにはきっと訳があるはずだ。自分の勤め先はここだ、ここしかない」と即座に決め、先生の事務所は募集をしていないにもかかわらず、一方的に申し込んだというのです。

その人は司法試験を現役合格していたので、東京の大きな法律事務所で働いたほうが待遇もいいに決まっています。しかし、「どうしてもこの先生にところで働きたい」という気持ちが強く、他の事務所に行く気にはなれなかったというのです。

ところが、いくら待っても返事がきません。そこで電話を入れたところ、「来てくれると思っていたよ。だから、あえて返事をしなかったんだ」と言われ、一件落着。それ以来、先生の右腕として活躍してきました。

「ウチはすごく幸せな事務所です」と秘書の方も言っていましたが、先生とスタッフのやり取りを見ていて、家庭的な雰囲気がよく伝わってきました。こんな先生とスタッフがいる事務所なら急成長の理由もわかるような気がします。

私が覆面の人間に誹謗告発されるという事件（詳しいことは後ほど述べます）に遭遇し、訴訟を考えていた時期、真っ先に相談したのが、この弁護士さんでした。多少遠くても飛んで行って依頼したいと思いました。結局、訴訟は断念しましたが、今でも何かあったら真っ先に飛んで行きたいという気持ちは変わりません。

「忘れ得ぬ人々」としてここにご紹介した方々はごく一部にすぎません。まだまだ多くの方がいらっしゃいます。こうした一期一会を思い出だけにしないで、これを心の糧として成長していくことが何よりの恩返しだと思っています。

ところで、すてきなお客様というのは、乗って1時間もすると、「ガイドさん」でなく、「開さん」と一人称で呼びかけてくれます。私はこれを、心と心が通い合えた証《あかし》と受け止め、とても嬉しく思っています。この弁護士と秘書の方たちも、一人称で呼びかけてくださったお客様でした。

弁護士の先生をはじめ、みなさんがとても温かく、和気あいあいの本当に楽しい旅でした。ところが、なぜかドライバーだけが一人むっつりしていて機嫌が悪いのです。そんな様子を見て、弁護士さんも何か感じていらしたのでしょう、最後の夜、そっと私に言われました。

「運転手さんの機嫌が悪いようですが、心付けを渡していなかったからじゃないですか。私たちはこんなかたちのバス旅行は初めてでしたので、最初に渡すべきか、最後にお渡しするのがいいのか、タイミングを計っているうちに出しそびれてしまいました」

やはり先生は気づいていたのです。さすが弁護士として活躍されている方だけあって、ドライバーの心などとっくにお見通しだったのです。

それにしても、ゲストの立場にいながら一歩も二歩も引いた目線での言葉かけに、一流のものを目指しておられる方は違うと大変感銘を受けました。もしこれが中途半端な人間だったら、気分を害して、「こら、運転手。何の不満があるのか？　不愉快だ。すぐ交代しろ」くらいのことは言います。

それにしても、せっかくの旅行中に客に気をつかわせるようでは本末転倒、乗務員失格です。確かに、この業界では心付けがあったのなかったのを口にする風潮もあります。だからといって、心付けの有無で客を値踏みしてはいけません。

心付けというのは、初日にいただいた場合は、「よろしくお願いします」という意味の一種の儀礼で、いわば社交辞令のようなものです。二日目、あるいは三日目にいただいたときは素直に喜んでいいと思います。お金がほしいというのではなく、相手の心を動かしたこと、自分の仕事を評価してもらったことが喜ばしいのです。

このときのドライバーが、心付けのことで機嫌が悪かったかどうかはわかりませんが、お客様に対して無愛想で、言葉使いもぶっきらぼうだったため、ハラハラさせられたのは事実です。キャストであるべき乗務員が客に心の中を見透かされ、逆に気をつかわせるようでは話になりません。

一方で、お客様の命を預かり、1日中、緊張を強いられる仕事をしながらも、現在は夕食時の1杯の酒も禁止されていることを思うと、理由はともあれ、ドライバーの苛立ちもわからないではありません。しかし、仕事によっては自宅から仕事先までの交通費はおろか、食事代も出ないような時代に、心付けを当てにするほうがおかしいというものです。それよりも、お客様が感謝の気持ちを表したくなるような乗務員を目指すべきでしょう。

「この客はチップが出ない」と嘆くよりも、客がチップを出さずにはいられないようなサービスを心がけるのが先です。少々露骨な言い方かもしれませんが、出させるも出させないも自分にかかっているのです。私たちは最後の花形のステージを精一杯飾り、黙っていても旅行会社の営業さんから、「良かったですよ」と言われるような、そんなドライバーであり、ガイドでなければならないと思います。

実はこのドライバー、私との初対面の際の言葉は、挨拶でもなく、ミーティング（打ち合わせ）でもなく、「あんた、どこ出身のガイド？」「長くガイドしてたから、金貯めたやろ」「旦那は何しとると？」などと、ぶしつけな質問をたて続けに投げかけたのでした。

そのあげく、私がシングルだとわかると、「どうして離婚したと？」「別れた旦那は同じ会社にいた運転手か。慰謝料、だいぶもらったろう」と人の心の中に土足でヅカヅカと踏み込んできたのです。人間には思い出したくないことや語りたくないことがあります。この方は、初めからお金に執着した話題ばかりでした。人の財布の中身まで気にしなくとも良いことです。

これまでの人生で、こういうドライバーは初めてでした。とても自分とは相容れない人だと直感しました。このようなドライバーがお客様に対して心地よい応対ができるとは思いません。

ところが、こういうドライバーを良いドライバーだと思っている上司やバス会社もあります。本当にいいものをきちんと見分けられる目を持った上司、あるいはバス会社であってほしいと思います。

大手デパートの営業マンとお得意様

数年前、東京のしにせデパートの営業マン（仮名・加藤真治さん）と、長いあいだ彼のお得意様だった方々たちのお供をしたときの感動も忘れられません。

加藤さんは最高のすばらしい営業マンで、お客様の信頼も厚く、「この人がいるから」と近くの支店には行かず、わざわざ遠方から東京の本店まで買い物に来る人も少なくなかったそうです。

　お客様の要望に応えて定年を延長して勤めていたのですが、いよいよ退職が決まったとき、お客様の中から「加藤さんを送る旅行をしようじゃないか」と声が上がり、このたびの九州横断二泊三日の旅となったというのです。

　メンバーは4組のご夫婦と加藤さん、それにお客様の付き添い（デパートの人）が7名、合計16名と少数でしたが、お客様の顔ぶれといい、旅の内容といい、すべてが最高レベルのものでした。

　デパート側から付き添いが7人もついていたのは、お客様が途中でお帰りになるときに付き添うためでした。どなたも多忙を押して来られた方ばかりでしたので、仕事の都合上、途中で引き揚げなければなりませんでした。大切なお客様なので一人で帰らせることはできないと、お帰りになるたびにデパート側から2名ずつ付き添いがついて行ったのです。

　この旅でとても不思議なことが起こりました。後半、あいにく天候が崩れたため、おみ足の弱いお客様もいらしたので、熊野磨崖仏に行く予定を急遽、コース変更して国東半島の富貴《ふき》寺にご案内したのですが、そのとき、そこに駐車していた山口のバスガイドさんが私たちのバスに近づいてきて、ジロジロと見るのです。どうしたのかなと思っていると、次の瞬間、そのガイドさんが加藤さんに抱きついてきたのです。なんと、去年、このメンバーで旅をしたときのガイドさんだったのです。団体名を記したステッカーを見て、「もしや」と思って近寄ってみたということでした。

それにしても、山口のバスはめったに国東半島には入ってこないのです。そのバスが、同じ日に、同じ時刻に居合わせるなんて、まずあり得ないことです。コースを変更せず、あのまま予定通り行っていたら、この感激はありませんでした。加藤さんの無意識が呼んだとしか思えません。お別れの旅に思わぬ花を添えることができて、私たちも一緒になってお二人の再会を喜びました。

いよいよ最後のお別れが近づいたとき、加藤さんが泣きました。最後に残ったお客様も、外商の人も、ガイドの私も泣きました。みんな、泣いて、泣いて、泣いて、大分空港に着いたのでした。

その後、加藤さんから毛筆で書かれたていねいなお手紙を受け取りました。そこには感謝の言葉が達筆で綴られていました。この手紙も私の宝物の一つになっています。

加藤さんは長年、全身全霊をこめて働いてきました。そのお人柄に惹かれたお客様とのお付き合いが最後まで続き、こうしたかたちで一つの実を結んだのでした。確かに彼は自分の勤めるデパートのために全力を尽くしてきました。しかし、それ以上に自分のためにお客様を大切にし続けたのだと思います。それはプロとしての情熱と誇りがなかったらできないことです。加藤さんの生き方には、私が手本にしたいことがたくさんあります。

第6章 バーゲン旅行全盛に思う

1　バーゲン旅行の弊害

人の心まで貧しくするバーゲン旅行

この十数年、あらゆる物価が値下がりしてきました。旅行代金も例外ではありません。経済不況や天災などで年々旅行客が減っていったため、真の意味のバケーション（旅）はなくなり、バーゲンツアーばかりになってきました。そうなると消費者の感覚も麻痺し、「安くて当たり前」「当たり前でも高い」と勘違いする、そんな時代になりました。

しかし、高いものと安いものの差は必ずあるはずです。ブランド商品とバーゲン商品では中身が違って当たり前。値段は正直です。品質も値段に見合ったものなのです。バッグや化粧品だけでなく、旅行にしても同じです。

安い旅行でおいでになったお客様の中には、ホテルが悪い、食事が悪い、バスが古い、コースがきついなどとクレームをつけてくる人がいます。ご自分が出した金額は棚に上げておいて、アラ探しや無理な要求をするのです。片道分の飛行機代金ほどで二泊三日の旅ができてよかったと考える余裕はないようです。「心までもバーゲン商品になり下がってはいませんか」と言いたくなります。

帝国ホテルとビジネスホテルの違い、ランチメニューとフルコースの違い、セルシオと軽自動車の違いなど、両者を比べてみれば違いは歴然です。投資する金額で違いが出るのは当たり前です。しかし、ただ一つ変わらないものがあります。それはガイドの姿勢です。ガイドはツアーの金額に関係なく、同じ気配りと同じ案内を要求されます。いつも同じ姿勢で仕事に臨むのです。格安ツアーになればなるほどハードスケジュールなので、ガイドはほとんど立ちっぱなし話しっぱなしです。それでも日当は変わりません。

お客様が選ばれたツアーを現場で運行するのがバス会社の仕事ですから、お客様に理不尽なことを言われても、そこはグッと呑み込んで悪戦苦闘しなければなりません。

時代によって価値観も考え方も変わるものですが、旅行業界の変化は特に著しいように思います。旅行の形態もお客様の考え方もすっかり変わってしまいました。こんな時代、ガイドとして仕事をしている意味や目的さえわからなくなることがあります。

バーゲン旅行にガイドは不要か

お客様をお迎えして旅を始める前に、まず乗務員（ドライバー、添乗員、ガイド）の紹介をしたあと、異様な雰囲気を感じるお客様のときは、「お客様は、どうしてこのツアーをお選びになりましたか」と、ツアーを選んだ理由をたずねするときもあります。

すると、「安かったから」とか、「前に行った友人が勧めてくれたから」「みやげがたくさん付くから」とか、いろいろな答えが返ってきます。そうした返答の中で、「客層」といっては語弊がありますが、そのときのお客様はどんな方たちなのかだいたい見分けることができます。

三泊四日で3万円くらいのツアーでおいでになるお客様というのは、概してガイドを必要としない方々が多いようです。バスに乗り込むなり、ワンカップ（お酒）を取り出して開けたり、周囲の迷惑もかえりみず大声で会話したり、あるいは携帯で話しはじめたり、往復いびきで眠り込んだりして、ガイドの案内に耳を傾けようとする人が少ないのです。

また、そういうお客様をお連れしてくる添乗員（たいていの場合、派遣添乗員）にしても、お客様にさりげなく注意を促すといった配慮をすることもなく、それどころか、ガイドが案内をはじめたのをこれ幸いとばかり、本人も口を大きく開けて眠り込む人や、案内の妨げになるような声を出して、携帯でドライブインやホテルに立ち寄り連絡をしている人も珍しくありません。

そのような中で、マイクを握りしめ、心をこめてご案内している自分が空しくなります。せめてバスに乗っている間は、携帯はマナーモードにし、緊急の場合以外は、下車地についてからかけるようにしてほしいと思います。また、添乗員であるならば、緊急の場合でも、「ステップをお借りしていいですか」とひと言断って、お客様に業界用語を聞かれない配慮がほしいものです。

旅の醍醐味、それは「人生に彩りを添えてくれるもの」

破格の安価な旅を選んでおきながら、不満タラタラ帰っていかれるお客様を見るたびに、「なんて悲しい人たちでしょう」と溜め息が出てしまいます。安い旅行を選んだのであれば、宿にしても食事にしても、その他のサービスにしても、それに見合うものしか望めないことを知ってほしいのです。ビジネスホテルの料金で帝国ホテル並みのサービスを望むのは、あまりにも虫が良すぎるというものです。

しかし、安い旅が悪いと言っているのではありません。それはそれで楽しみ方があります。そこはお客様の旅に対する考え方によります。特に若い人たちは、お金をかけずに楽しむ方法をよく知っています。旅をすることで気分転換になったり、友情を深め合ったりと、さまざまな効果が期待できます。

私が観光ガイドだから言うのではありませんが、せっかく時間とお金を割いて旅に出たのなら、心ゆくまで楽しんでほしい。その地に滞在したことによって何かを得てほしいのです。たとえば１００円のものでも1万円のものでも、そこしかないものを食したり、経験したりするのが旅の醍醐味というものではないでしょうか。

　また、格安ツアーの常連のお客様に限って、たとえば長崎のハウステンボスのご案内しようとしたとしますと、「ああ、あそこは2回行ったわよ」などと自慢気に言います。

「そうですか、お客様。では、パレスハウステンボスには行かれましたか」

　とお聞きすると、たいてい、

「なに、それ。そんなの知らなかったわ」

　という返事が返ってきます。

「パレスハウステンボスはベアトリクス女王の宮殿を寸分の差もなく忠実に再現したもので、とてもすばらしいですよ」

　と言うと、「ふ〜ん」というような顔をします。ハウステンボスに行ったというのなら、パレスハウステンボスを見てこそ、本当に〝旅をした〟と言えるのではないでしょうか。それに、どこそこには何回行ったと有頂天《うちょうてん》になり車内で自慢したり、吹聴するものではありません。行ったことで、自分だけにしかわからない思い出をつくったり、豊かな気持ちになれたりすることにこそ意味があるのです。人生に彩りを添えてくれるもの、それが旅の醍醐味ではないでしょうか。

　私たちガイドは同じところを、それこそ何十回、何百回と訪れます。しかし何回訪れても、それぞれに毎回新しい発見があります。四季折々によっても、またご一緒するお客様によっても違った趣があるものです。

バーゲン旅行が旅そのものをつぶす

昔は本当に旅を愛し、旅を楽しめる人たちが来ていました。旅は憧れであり、ぜいたくそのものでした。今は格安の料金につられて来る人がほとんどです。旅行会社も不況を脱皮するために安いツアーをつくっているうちに、今度は値上げができなくなり、結局そのツケをバス会社、ホテル、ドライブインが払わされています。さらにはそれがドライバー、ガイドにまで及んでいるのです。

それまで、それなりの給料をもらって仕事をしていた優秀なドライバーたちがリストラされ、代わりに低賃金でも雇用できるような促成栽培の若い嘱託《しょくたく》ドライバーを乗せるようでは、この業界の未来はお寒いと言わねばなりません。

外注ガイドの場合、制服も自前です。働ける期間は減り（年間トータル100日前後）、ギャラも昔の半分弱くらいに落ち、その上その中から昼食代も税金も払わなければばなりません。

仕事によっては昼食代も出ないときもあります。こんなとき、ドライバーやガイドの中には、毎日のことだから、出張先で高い食事はとれないと、昼食はコンビニの弁当で済ませる人もいます。教育費がかかる年代のお子さんがいたり、あるいは家族に入院中の方がいたり、マイホームを購入したばかりとか、理由はさまざまあると思いますが、こういうご時勢なので少しでも節約をと考えてのことでしょう。

今の時代、旅行会社やバス会社にとって、キャンセルが１００％なく、そこそこの決まったバス料金も支払い、毎年必ず仕事をくれる確実かつ最高の仕事が修学旅行なのです。時代は大きく変わりました。

バス代や経費をぎりぎりまでダンピングし、食いつきのいい二泊三日、１９８００円といったバーゲンツアーなどザラという現在、安い旅行がどれだけ旅行そのものをつぶし、どれだけその業界で働く人たちの生活をつぶしているかわかりません。旅行会社も自分で自分の首をしめているのです。それもこれも、極言すれば、バーゲンツアーによる弊害といえましょう。

格安のバーゲンツアーは客のニーズだけをとらえているところに大きな問題がある

と思います。なにもかにも安くして客を集めることに奔走するあまり、ダンピングにつぐダンピングで関連業者が泣いて、そこで働く人たちを苦しめています。

その結果、ドライバーにしろガイドにしろ、プロの仕事人の働き場が奪われ、代わりに経験浅く、単に安く雇用できる促成栽培の人たちが駆り出されるようになりました。当然、旅の質（内容）にも大きく影響し、いわゆる、「安かろう、悪かろう」の旅になってしまいます。

一方、航空会社もバス業界と同じ運命を背負わされているのではないでしょうか。スチュワーデス（客室乗務員）もアルバイト、機内のサービスにしても従来のような細やかな対応はできなくなっています。

2　人も旅も極上のものがなくなりつつある

昔のことは言いたくはないが……

この業界は激変しましたが、ガイドの仕事のパターンは今も昔も変わりません。午前中はまずマイクを離しません。昼食後、そのルートに史蹟などの案内がなければ1時間ぐらいマイクを置いて、お客様がくつろぐ自由タイムとします。休養したり、窓の外の景色を楽しんだり、お客様によって過ごし方はいろいろです。そうして、また次の観光地に近づいたところからマイクを握ります。もちろん、旅の終わりが近づいた頃からラストまでは、通常マイクは置きません。その間、しゃべりっぱなし、立ちっぱなしです。

無事に務めを終えた頃には、喉はカラカラ、足腰はガタガタです。それに見合うだけのギャラをいただけるのなら元気も出ますが、こういう時代（格安ツアー全盛期）、減ることはあっても増えることは望めません。

どこのバス会社も社員ガイド優先ですから、穴埋め要員でしかない外注ガイドは、プロの度量だけはしっかりと要求され、ギャラだけはどこまでも下げられ、交通費の節約も強いられ、仕事の本数も少なく、働ける期間も限られます、しかも最近の仕事はハードスケジュールで心身の疲労度が高く、食事代も出ないことも珍しくありません。たまに依頼があって出かけるにしても、朝は朝星、夜は夜星がほとんどで、重い荷物を持って自宅を出て、高速バスやJRに揺られて目的地に着き、そこから乗務するバスに乗って、ようやく仕事が始まります。仕事が始まるまでに、すでに疲れてしまっているのです。

今はお客様がどこの空港にお着きになるかで、最寄りのガイドがチャーターされます。遠くのガイドを雇うと交通費がグーンとはね上がってしまうからです。いかに経費のかからない人材かが第一優先なのです。

昔のことは言いたくはありませんが、かつては（荷物が重いため）最寄りの駅までのタクシー使用も認められており、しかも自宅を出た時点からギャラが発生していました。今は経費節減の名目で、「新幹線はダメ、高速バスを使え」、「タクシーはダメ、バスを使え」です。大量の資料と宿泊用の着替えなどが入ったボストンを持って、どうして路線バスに乗れるでしょうか。結局、家を出る時間もそのぶん早くならざるを得ません。

ただ、今のガイドはマイカーを飛ばしたり、家族の誰かに車で送ってもらったりする人も多いようです。そういうところで会社に協力する人は、会社にとって「(都合の)いいガイドさん」ということになるのでしょうか。その裏には、この仕事にまったく関係のない家族なり周囲の誰かの犠牲があるわけです。

家族に反対されながらも、トップシーズンガイドがいないから、かなりの無理を押して仕事に出てくるガイドも少なくありません。いくら明日のガイドがいないといっても、誰にでもできる仕事ではないのです。

規制緩和が落とした深刻な影

旅行の簡便化の傾向はだいぶ前から少しずつ見られていましたが、それに拍車をかけたのが、2002年に小泉前総理が適用した「規制緩和」でした。それ以降、規制緩和の名のもとに、バス会社を免許制から許可制に変えたため、その辺の小さな運送屋さんや個人の有限会社のタクシー屋さんでも、バス1台あればバス会社になれるようになりました。

当然の結果というべきか、規制緩和後は雨後のタケノコのように全国にバス会社が1000社くらい一気に増え、大手をどんどん侵食していきました。

そのような会社は、大手が10万円かかるところを、「ウチは5万～3万5千円でやります」と言って格安で引き受けるため、旅行会社はそちらに飛びつきます。それだけならまだしも、「3万5千円でやってくれるところもあるんだよ」と言って、従来のバス会社にダンピングを迫るようになります。

バスの料金には、ある程度のボーダーラインを守るために定められた「公示料金」というものがありますが、今の時代はそんなことを言っていたら仕事になりません。なぜなら、公示料金より下回らなければ仕事も少なく、それを訴えようにも、訴えた本人が罪を問われてしまうからです。今や公示料金より下回って当たり前の世界に陥っています。客のニーズに沿うために、大きすぎるリスクを背負っているというのが現状です。ちなみに、公示料金を守らないことで罪を問われるのはバス会社だけで、他は罰を受けません。

以前は、路線バスで長年の経験を積んで、その中から選ばれた人材のみ貸し切りバスに乗っていましたが、その人たちもつぶされてしまいました。匠《たくみ》の腕を持ったドライバーは人件費が高いという理由でリストラされ、それに代わって、あくまでも安い賃金で雇用できる人がハンドルを握るようになったのです。しかし、所詮、ドライバーの経験度は報酬に応じたものしか望めません。だとすれば事故が起きても不思議ではありません。

ちなみに、規制緩和は90年頃まで続いていた日本の貿易不均衡を不満とするアメリカの意向によって適用されました。規制緩和というと、「ルールを緩める」というイメージがあり、「自由競争」というと開放的で平等なイメージがありますが、実際には野放しであり、勝手し放題です。

規制緩和が適用されると、「自由競争によって料金が安くなり、サービスが良くなる」ということで、ビジネスチャンスを求めて新規参入が増えてきました。たしかに表面上のサービスは良くなりましたが、経営の内情は不明です。ドライバーが過剰勤務のため過労でフラフラしていても、内部告発や事故でも起きない限り、外部にはわからないのです。最近、内部告発や事故が社会問題になっていることを思うと、見えない部分で手抜きをしていると思われても仕方ないのではないでしょうか。

四国のKバスの内部告発に思う

内部告発といえば、ちょうどこの原稿を書き始めた頃、ふとテレビのスイッチを入れたところ、四国香川県のKバス（観光バス）の内部告発について日本テレビが特集を組んで報道していました。

Kバスのドライバーによる内部告発は大きな問題になり、マスコミも連日のように取り上げていました。私もニュースや新聞記事には注目してきたのですが、その日は「特番」ということでテレビに釘付けになりました。

番組の中でコメンテーターの政治家やタレントが異口同音にバス会社の非を述べ立てていましたが、みなさんのお話を聞いていて、政治家ですら本当のことはわかっていらっしゃらないなという感想を持ちました。

内部告発をしたKバスのドライバーさんは、香川から東京までの18時間ものあいだ夜行バスを飛ばしていたようです。しかし、こういうことは何もＫバスに限ったものではなく、今は他のバス会社でも同じようなことをやっているところがあると聞いています。

取材スタッフが現地をタクシーで回っているとき、たまたま乗り合わせた運転手が、偶然にも先月までＫバスのドライバーをしていたという人だったことから、スタッフの質問ぜめにあっていました。

このドライバーのほかにも、会社サイドの人がインタビューを受けていましたが、家族がいて、明日の生活がある彼らがマイクに向かって本当のことを言えるはずがありません。それに対して、コメンテーターの議員先生やタレントさんたちが、「なぜ会社は運転手にもっと休暇を与えないのか」、「なぜドライバーはもっと安全に気を配らなかったのか」などとなじっていましたが、この人たちは本当のことが何もわかっていないなと思いました。根っこは深いのです。

格安旅行のために旅行会社にバス代をダンピングされたバス会社は、あらゆる面で経費節減を図らなくてはなりません。貸し切りバスはシーズン中の稼働のみの、いわば〝季節労働者〟であり、またバス代ダンピングで利益を出せないギリギリのところまで追い込まれているからです。まずは人件費を落とすために高給料のドライバーをリストラし、低賃金で雇える新人嘱託のドライバーを観光バスに乗務させることになります。

添乗員にしても同様で、人生経験の乏しい派遣添乗員に頼ることになります。さらに、ドライブインには高額のバックマージンを要求し、ホテル代もダンピング。その中で配られたアンケート用紙に、目の色を変えてクレームの数々を書き連ねるお客様もいらっしゃるというのが偽らざる現状です。

いくら不景気だからとはいえ、あちこちに弊害を出してまでバーゲンツアーを行なう必要があるのでしょうか。その陰で、つぶし合いのダンピング競争を強いられているのは観光業界です。熾烈な競争はいつまで続くのでしょうか。格安ツアーが招いた悲惨な運命を、関係者はみんながみんな歩かされているのです。

ＪＲ福知山線の事故やＫバスの内部告発の報道を聞いて、まっ先に感じたのは、「他人事ではない」ということでした。こうした事故はこの業界が置かれている厳しい現状の先にあるからです。

番組で口角泡をとばして〝正論〟を熱く語っていた議員先生やタレントさんたち、

ぜひ一度、高速バスで出張したり、格安バスツアーに参加してご自分の目で確認してください。机上では見えないいろいろなことが見えてくると思います。

偽装マンション事件も根は同じ

四国のＫバスの内部告発についての特番を見ながら、ふと例の偽装マンション事件のことを思い出しました。業界は違っていても根はまったく同じです。マンション購入者もマスコミも、こぞって偽装に関わった一級建築士のＡさんや建設会社、販売会社などを責め立てていましたが、安価なものに飛びつく客が多い時代だからこそ、こういう事件が起きるのではないでしょうか。

「安かろう、悪かろう」という言葉がありますが、安ければいいとばかりに飛びつく前に、「こんなに低価だったら何かあるかもしれない」と、今一度考え直さなければなりません。それなのに被害者意識丸出しで騒ぎ立てるのは、どうかと思います。

旅行にしてもまったく同じです。支払った金額を忘れて、「宿が悪い、食事が悪い、バスがボロだ」と不満をぶちまけるのです。

昔は今のように頻繁に旅行をする人はそれほどいませんでした。それだけに費用をかけてじっくりいい旅をしたいという方が多く、ドライバーやガイドに対しても実に心ある触れ合いをなさっていました。最近のお客様とはかなり違うようです。

つい先頃、情けない経験をしました。コースに有田焼の店が入っていた際、お客様の一人が私に、

「ガイドさん、私たち全員に有田焼の茶碗くらいは買ってちょうだいよ」

と言うのです。お客様にしてみればジョークのつもりかもしれませんが、私の顔は引きつりました。ガイドはうんと儲けている、バス会社にも儲けさせてやってる、そして乗務員は客よりもおいしいものを食べていると思い込んでいる客が多いのには驚かされます。

信じられないような安価な旅行を旅行会社が提供するために、そのしわ寄せをもろに受けているのがバス会社であり、そこで働くガイドやドライバーです。格安旅行の裏には、そうした厳しい事情があることを、お客様がほんの少しでも考えてくださったら、先ほどのような勘違いはされないと思います。

地域性というのでしょうか、不平・不満を言うお客様は地域によってずいぶん差が

ありますこれだけ長くガイドをやっていますと、お客様を見ただけで、どこのご出身か、良いも悪いもだいたい見当がつきます。○○市から見えたお客様といえば、「ああ、やっぱりマナーが今一つ」とか、△△市のお客様といえば、「相変わらず押しが強い」というように、黙っていても特徴が見えてくるのです。

それはともかく、こういうご時世が人の心をますます貧しくしているのでしょう。安かろう悪かろうで、いったい何が得られるのでしょうか。マンションだけでなく、旅も人間も極上のものがなくなりつつあるようです。

第7章

サービスとは「こころ」なり

1　極上のサービスはガイドの心意気

たまには極上の旅をどうぞ

いい旅は生きる喜び、一生の宝物です。私が経験した極上の旅についてお話ししましょう。

今から4年足らず前になりますが、その旅行は三日間で11万8000円という、今どきにしては高価なものでした。しかし、それに十分見合うだけの価値のあるものでした。たとえば、お客様に旅を心ゆくまで楽しんでいただくために、事前に大学の先生や美術の専門家などによるセミナーを行ないました。内容は歌舞伎であったり、キリシタンの歴史であったりと、いろいろですが、セミナーを受けることで、お客様はある程度の予備知識を持った上でお越しになれるわけです。

当日はガイドと添乗員のほか、大学の先生、美術スタッフ（専門家）が同行し、四人がそれぞれの立場で協力し合いました。たとえば、ここはどうしてもガイドの案内が必要というところでは私がマイクを持ち、山間にさしかかって案内するものがないところでは、大学の先生が、「それじゃあ、私が語りを入れましょう」といってマイクを持ち、しばらくして、「そろそろ固い話はこのくらいにして、ガイドさんに代わりましょう」と言うと、うとうとしていたお客様がパッと目をさまし、再び聞き耳をたてるといった具合でした。

これが一人だけで3時間も4時間もマイクを握っていたら、本人もお客様も疲れますが、四人の持ち場を活かしたコラボレーションによって、お客様は退屈することがありません。食事にしてもドライブインのものではなく、多少値段が高くても、その土地のものを召し上がっていただきます。

時代の流れで、最近は格安ツアーの仕事が圧倒的に多い中、こんなすてきな仕事ができて幸せでした。これも私の心に残る仕事になりました。しかし昨今は、大学の先生や美術の専門家などを招いて行なうような極上の旅は皆無に近いでしょう。

極上の旅をお選びになる方々というのは、生き方や、こころの持ち方が豊かであることも確かです。

下瀬隆治先生より習ったガイドの基本

思い起こせば、私がガイドの基本教育を受けたとき、壇上にいらしたのが評論家の下瀬隆治先生（故人）でした。先生には、「サービスとは心」、「サービスとは、お客様の心を解する心を持つこと」と習いました。

また、「観光とは、その土地の文化に接して心を豊かにすること」と習いました。「観光に必要なことは、『もう一度来たい』、『まだいたい』と、お客様の心に余韻を残させることが大切である」とも習いました。

お客様の心に余韻を残させるためには、「自然美、人工美、人情美、プラス郷土の味が大切である」ことなども教示していただきました。

さらに、「観光ガイドの目標」として、

1「知らせる」あるいは「PRする」には聴覚に訴えよ

2「見せる」には視覚に訴えよ

3「また来たいと思わせる」には人情に訴える仕事をせよ

と教えていただきました。

最後に、社会とは結果で判断するところであり、人間と人間の出会いには、同質の人間と異質の人間の出会いがあると教えていただいたことを、今現実として受け止め、理解しています。

これら下瀬先生より習ったことは、美酒が長い歳月をかけて熟成していくように、私の中で深みを増しているような気がします。若いときには、湧き上がる情熱のままに言動していたところがありますが、年齢を重ね、失敗も重ねてきた今、かつては見えなかったものが見えてきました。32年前、ガイドの基本教育を学んでいたときに教わった教えが、ようやくしっかりと理解できるようになりました。

帝国ホテルのドアマンを見習え

人間的魅力が問われる現場ということに関して、帝国ホテルが取り上げられている記事を読んだことがあります。そこには、ホテルのスタッフとして誰よりも早くゲストに接し、最後に見送るのがドアマンである、つまり、ドアマンというのはホテルの第一印象をつくると同時に、最後の余韻を残す存在である、というようなことが書かれていました。

接客という意味では、ガイドも同じ立場です。会社の代表として誰よりも早く出迎え、また最後に見送るのもガイドとドライバーです。

帝国ホテルのドアマンは、1日に横付けされる3000台以上の車から、その車種やナンバーを見分け、なじみのゲストを温かく出迎えるそうです。また、ドアマンの誰もが1000人あまりのゲストの顔と名前を覚えているというから驚きです。

また、毎日、新聞や経済誌をくまなく読んで、社名や役職の変更を常にチェックし、ゲストを迎えるときには、名前で呼ぶのがいいのか、肩書きで呼ぶのがいいのか、どちらが好まれるのか、そこまで嗅ぎ分けるのが「極上のサービス」であり、「最上のもてなし」だというのです。

勤続32年というドアマンが鉄則としているのは、次の二つの点だそうです。

「目の前のお客様に全力を注ぐこと」

「見送ったら忘れ、お迎えしたら思い出すこと」

さすが、熟練者の仕事に対するプライドには品と格があります。会社への愛情と誇りが、そうした品格をつくり出すのでしょう。私たちガイドも帝国ホテルのドアマンと同じ姿勢で、品と格のある仕事をしたいものです。

真のもてなしを教えてくれた人

真のもてなしとはどういうものか、それを私に教えてくれたのはS・Hさんでした。彼女と出会う前の私は、押し付けがましい案内をしがちな傲慢なガイドだったろうと思います。

今から15年ほど前になるでしょうか。当時、KNツーリストで中部メイトセンターの添乗員をしていたS・Hさんと何度かロングコースのツアーでコンビを組む機会がありました。彼女は常に人を思いやる言葉を使う人でしたから、彼女がマイクを持って話すときは、私はステップに立ちながらも、何か一つでも盗もうとして必死で聴き入ったものです。時にはメモも取りました。

その後、私の話し方と表現がガラッと変わったのは、このときの彼女との出会いが大きく影響していることは間違いありません。自分の口から言うのははばかられるのですが、確かに私の表現は豊かになり、人を思いやる言葉も自然に出るようになった気がします。

S・Hさんは周りのすべてに対しても、周到な気配りのできる方でした。たとえば、翌日の観光地の天気や気温を調べて、下着1枚多くとか、上着が必要といって準備するなど、完璧な気配りをしていました。それも仰々しくするのでなく、さりげなくこなしていました。

同乗のガイドに対しても、「常に目立たず、邪魔せず」の姿勢を貫いていました。たとえば、彼女からお客様に話をする必要があるときは、ガイドの案内に支障のない出番を心掛け、マイクを受け取るときも、「お借りしてよろしいですか」と必ず伺ってから取っていました。

「ドライバー、ガイドに大切なお客様を大切にあつかっていただきたいから、私もドライバーとガイドを大切にしたい」

とも言っていました。四方八方にアンテナを張り巡らし、ピリピリと神経を使っているにもかかわらず、相手に押し付けたり、気を遣わせたりしないよう、さりげなく、さりげなく振る舞える人でした。

一番驚かされたのは、彼女の場合、乗務員に対して「指示」ではなく、たとえ知り尽くしたことであっても、「お伺い」することでした。それは、ホテル、ドライブインに対しても同様でした。私は、年下の彼女に多くのものを学ばせていただき、いろいろ助けてもいただきました。

また、S・Hさんとの忘れ得ぬ思い出に、こんなことがありました。

車中で永井隆先生の夫婦愛と親子愛について、やや長いご案内を終えたときでした。普通なら、ここで感動の拍手を浴びて締めくくるところですが、一人のお客様から思いがけないクレームが出たのです。「せっかくの楽しい旅行に悲しい話をするとは言語道断だ」というのです。

お客様は十人十色、千差万別。そんなことは、この仕事をしていて十分承知の上です。しかし、今までこの案内をしてきて、感動の言葉やおほめの言葉をいただいたことはあっても、不快感を示したり、ご立腹された方は、私が記憶している限り、ほとんどいませんでした。永井先生のお話をするときは、ガイドも熱をこめて語りますが、ドライバーもガイドの話のリズムに合わせて走ります。いわば九州の聞かせどころともいうべき案内なのです。

思いがけない成り行きに、私は一瞬頭の中が真っ白になりました。

そのとき、S・Hさんが、

「マイクをお借りできますか。少し長くなりますが……」

といって私からマイクを受け取ると、今度は自らのご両親の夫婦愛と自分との親子愛について語りはじめました。そうすることで私をサポートしてくれたのです。

お話によると、お父様が長い歳月をかけて白血病を克服され、ご両親の間に待望の赤ちゃんが誕生したのは、結婚10年目のことでした、その子がS・Hさんだったのです。誕生日はたまたま長崎に原爆が投下された日と同じ、8月9日でした。

「待ちに待ったこの子の誕生日を、たくさんの人が泣いた日に、この先ずっと祝っていくのは忍びない」

といって、8月10日の出生にされたそうです。

放射線の研究に生涯を捧げた永井隆先生は、自らも白血病の宣告を受け、幼い二人の子供を残して昇天されました。昭和20年8月9日の原爆投下の日、先生は研究所にいて難を逃れましたが、奥様は自宅で被爆され、帰らぬ人となりました。

S・Hさんは永井先生の案内と照らし合わせて、お父様の病気が完治したときに生まれた自分の誕生秘話を語られたのです。お客様に案内の意味の深さを伝えるとともに、私のガイドとしての身分を守るために必死でサポートしてくれたのです。彼女はその後内勤となったため、ペアを組むことはありませんでしたが、できればもう1度お手合わせしたい添乗員です。

昔から、名古屋の添乗員はすばらしい人が多かったように思います。人材ぞろいでした。こういっては中部のお客様に大変失礼かもしれませんが、関東気質と関西気質の中間にあって、もてなし方が少々むずかしいところがあります。そんな中部の名古屋で修業した添乗員は、格別な人がたくさんいました。中でもS・Hさんは群を抜いていました。彼女がいまだに旅行業界に君臨しているのは大変喜ばしいことです。この業界が下火なだけに、1日でも長く続けてほしいと願っています。

2　極上の旅は生きる喜び

もてなしに王道なし

九州を主な舞台として活動するガイドとして、九州の極上の宿で、九州の極上のもてなしを見て、極上のガイドに一歩でも近づくための糧としたいと思っています。

そうはいっても、「お部屋のしつらえ」「ロケーション（場所）」「お湯」「食事」「もてなし」の5拍子揃った宿などめったにあるわけではありません。宿もガイドも似たようなもので、100点満点を頂戴するのは非常に難しく、至難の技が必要とされます。お客様の価値観によっても評価のしかたがガラッと変わってしまいますから、その厳しさは言語に尽くせません。あの帝国ホテルでさえ、「最高のもてなしとは何ぞや……」と1世紀以上も格闘し、考えに考え抜いたすえ、「もてなしに王道はない」と結論を出したそうです。

私が〝九州の帝国ホテル〟と感じたのは、「湯布院亀ノ井別荘」と「妙見石原荘」です。風格といい、もてなしといい、この二つは間違いなく極上の宿でした。しかし、そのような風格を持ったガイドになれるだろうかと考えたときに、あまりにも近づきがたく、自分には絶対まねできないと感じました。〝世界が違う〟と思ったのです。

極上の宿に学ぶ「もてなしの心」

一方、私が「近づきたい」と感じた宿は、黒川温泉の「山みずき」です。また、社員研修で「妙見石原荘」に行ったと聞きおどろきでした。常に学ぶ心がある宿です。この宿は威風堂々とした風格もなければゴージャスさもなく、決して５拍子揃っているとはいえません。けれども、私を惹きつける何かがあるのです。

それは何かというと、従業員の一人ひとりに、お客様のリクエストに対して１００％お応えしようと努力している姿がはっきり見て取れることです。客の食事や部屋の好みをきちんと把握していて、２度目以降の来訪に活かすという心配りをしています。

この宿は1軒だけ離れて、山間にポツンとたたずむ数奇屋造りの温泉宿です。JTBの採点でも98点という高得点の宿だけあって、温泉（露天風呂）、ロケーション、サービス、雰囲気など、どれをとっても申し分ありません。何よりも印象的なのは、いつ訪れても従業員の、客を心から歓迎しようとする言葉や態度や心遣いが変わらないことです。

たとえば廊下ですれ違ったときなど、どんな若い従業員でも必ず一度立ち止まって、相手の目を見て、「いらっしゃいませ」とか「〇〇様、お久しゅうございます」とひと言二言挨拶してから通り過ぎます。また、わずかでも客のリクエストに反したことがあったときは、間髪入れずお詫びにくるところはガイドの私も見習うべき点です。

全員が無線を持ち、「〇〇様が到着です」とか「△△様のお荷物をロビーまで運んでください」などと細かく連絡し合って、客のニーズに早く応えられる配慮をしているのも驚きでした。とにかくみんな客をよく観察しています。

客の到着時間、料理の好み（担当の仲居が報告）、そのときの担当者など、細部に至るまでデータを取って管理し、次回に活かすのです。テレビや雑誌で人気になり、勘違いの接待をする宿がたくさんある中、ここは日本一だと思います。

「山みずき」の心遣いを最も強く感じたのは、帰り際に見せた「計らい」でした。客が帰るときは、玄関先に揃えられた靴が磨かれている。ここまでは当たり前のことです。ところが、かの木下籐吉郎の精神そのままに、靴の中を人肌に温めて、さりげなく差し出したのです。極寒の日、足元の温かさに後ろ髪を引かれるような宿でした。

くつの中を乾燥してあげる、もう一つの目的もあるようですが。

私にとって、こういう宿こそが１００点満点以上に値するものです。

宿と人を観察することは、ガイドにとって一番の勉強になります。自分が完璧なガイドではないと自覚し、暗中模索をしているからこそ、極上のレッテルを貼られた宿よりも、それに近づくために全力を注いでいる宿に行きたくなるのでしょう。必死に努力する姿に自分を重ねて、深く共感するからだと思います。

〝西日本一〟と折り紙つきの黒川温泉郷は、テレビや雑誌でも度々紹介され、すっかり有名になりました。ひところのようなブームは過ぎましたが、今でも盛況です。しかし、それが災いしてか、残念なことに実力を過信した心ない宿があるのも事実です。一番のブームが過ぎた今、客を昔同様とっている宿は本物です。その中で、この「山みずき」のようなまなざしを持った宿が、静かに存在し続けているのは嬉しいことです。

こうしたこともガイドの世界とまったく同じです。ガイドの幕を下ろすその日、自分の歩いてきた道を振り返り、「山みずき」のような生き方ができていたとしたら、この上なく幸せに思います。

名ばかりで実体の伴わないホテルもある

世間の評判とは裏腹に、訪れてみてがっかりする宿もあります。一例をあげると、某温泉の某宿。マスコミも盛んにもてはやしたことから一躍有名になったところです。私もガイドとして、勉強のため、また話のタネに1度は行ってみなくてはと思い、2年ほど前に行ってきました。

噂に違わぬ人気の宿で、たびたび予約の電話を入れましたが、常に満館との返事。違和感を持ったのは電話の応対でした。「申し訳ない」という気持ちがまったく感じられず、常に満館であることからくる「おごり高ぶり」を感じさせるものでした。

「上には上があることに気づいていらっしゃらないようだ」と理解していましたが、

1年がかりのキャンセル待ちで、やっと予約が取れ、当初希望したお部屋ではありませんでしたが、いざ訪れてみると、「やはり」と言うべきか、仰天することばかりでした。結論を先に言うと、期待は完全に裏切られたのです。

通された部屋には昼間から布団が敷きっぱなし。国中に注目を浴びている旅館は多くありますが、昼間から布団を敷いているところなど、そんなにあるものではありません。確かに、最近の宿の中には、「お客様のプライバシー重視のため」ということで、最初からふとんを敷いているところもありますが、私流の考えは、三万円以上の値段をとる宿がするとは「手抜き」の言い訳としか考えられません。

しかも、エアコンが不調で水だれしていたため、入室後にもかかわらず、部屋には工事の人が入りっぱなしでした。

最初から驚くことばかりでショックでしたが、気を取り直して夜の部屋食を楽しみにしました。新鮮な素材を活かした料理がいただけるのではないかと思っていたのですが、これも完全に裏切られました。たとえばアワビ料理一つとってみても、素材のアワビはほんの申し訳程度しかなく、あとはゼリーばかり。

「アワビのゼリーなんとか（名前を失念しました）です。創作料理でございます」

と仲居さんが説明してくれましたが、もっと素材を活かした料理をいただきたいものでした。創作料理の名のもとに素材を節約しているとしか思えないような印象を客に与えるようではいけないと思います。情熱を感じる料理ではありませんでした。

翌朝、部屋に食事をセットしに来た仲居さん（ここの仲居さんは若い人ばかり）に、

「ここが、これほどの人気を呼んだのは、どうしてですか、どこが全国○位になった理由ですか」

と聞いてみました。私としては、どうしてここがそんなに高い評価を得ているのか、その理由をうかがってみかったのです。すると驚いたことに、

「さあ～（わかりません）」

と仲居さんは首をひねるのです。従業員の教育はどうなっているのでしょうか。マスコミにもてはやされ、そのおかげで全国から客が押しかけているのですから、客に尋ねられたら、ここぞとばかりに自宿のすばらしさを説明し、なるほどと納得してもらうような教育をしておくべきではないでしょうか。

ちなみに、そのときとれた部屋は一泊で一人31650円（税込）でした。もてなし（サービス）にしろ料理の内容にしろ、すべてにおいて料金に見合うものとは言い

難く、後味の悪いものとなりました。

あくまでの私流の評価ですが……。

最近、この宿にＶＩＰと言われるお客様をお連れしましたが、宿に対する評価はそれほど高いものではありませんでした。まず、何より〝心不足〟が評価を下げたようです。

ＶＩＰと言われるお客様というのは商社の役員様方で、二泊三日、28万円見積もりの旅でした。私はこのリッチな旅を、「大名旅行ですね」と申し上げたのですが、その宿を後にして、二泊目は雲仙のとある名旅館に入りました。そのときの出迎えの姿勢をご覧になり、

「開さん、この宿でしたら、おっしゃる通りの大名旅行ですが、昨日の宿はごく普通の宿でしたよ」

と言われました。やはり私が客として感じたのと同様のことを、ハードルの高いお客様も感じられたようです。

その他にも、名ばかりで実体の伴わない旅館やホテルはたくさんありましたが、とりあえずこの一例をご紹介するにとどめておきます。ガイドの私としては、こうした

ところは反面教師として、あるいは他山の石として、自らの学びのため向上のための糧としたいと思っています。

第8章

覆面さん、闇討ちは卑怯です

1　それは1本の電話から始まった

嫌いな相手を電話で陥れる

組織というのは、所詮、人間の集まりですから、どの業界でもドロドロしたところがあるのは当然でしょう。しかし、そんな中でもこの業界は特別なようです。一種の特異体質ではないかと思うほどです。とにかく人の噂が好き、ありもしないことをでっち上げるのが好き、捏造大好き、そういった人間の寄り集まりといっても過言ではありません。その酷《ひど》さは、この業界に身を置くものでなければわからないものがあります。本人が知らないうちに、虚像が一人歩きしているのです。

ただでさえ厳しい世界に、経済の不景気は追い討ちをかけます。真っ先に影響を受けるのが人の心の在り様のようです。不景気になれば人は概して卑しくなります。心の花はしぼんでしまいます。共存共栄など微塵も考えず、人と張り合うことに躍起となります。

最近はテレビを見ていても、「内部告発」の報道をよく耳にするようになりました。私たちの業界でも例外ではないようです。それも正義感から出たものではなく、人をなじって打ちのめすことを目的とした悪意に満ちたものが多いのです。自分の気に入らない人間を、理由もなく誹謗告発して陥れ、相手が苦しんでいるのを見て愉しむという、何ともおぞましいものです。これでは愚連隊の集団と変わりません。

実際、私の周囲でも、そんな例を見たり聞いたりしたことがあります。よくある手口は、知人やお客様になりすまして、攻撃したい人間へのクレームや悪口を、その人の家庭や勤務している会社に電話するというやり方です。

たとえば、ガイド仲間が嫌いな相手を陥れるために、知り合いを装って、その人の家に電話を入れます。ご主人が出て、

「家内は仕事で出ております。明日には戻ってきますが……」

と答えたとします。すると、すかさずこう言います。

「そうですか、おかしいですねぇ。今日は非番のはずですが……」

そう言って、プッツリ電話を切るのです。これと同じような電話がドライバーの自

宅にもあると聞いています。

あるいは、まったく知らない客を装って、ガイドが勤務する会社に電話をし、「言語道断のガイドだ」と相手を失墜させるための嫌がらせをすることもあるようです。そういうことをする人は、人がどんな仕事をやっているかよく観察しチェックしています。

卑劣な人間は、このように自分の顔が知られない「電話」という手段を使います。しかも職場にかけるときは、自分の声がバレない部署を選んでかけるという周到さ。闇から人を不意打ちするのは卑怯すぎます。

告発者に聞きたい。「こんなことをして、何か得るものがあるのですか」と。自分のうっぷんを晴らすために、ただ相手を「嫌い」という理由で陥れるのは犯罪に等しい行為です。

これから述べる話は、私自身が経験したものです。それは誹謗中傷の域を越え、誹謗告発でした。その手口は、やはり電話による不意打ちでした。何者かが他者を装い、私がお世話になり、心から愛しているバス会社に、同様に心から愛するある会社の名を語って電話をしてきたのです。それも、自分の声がバレないような部署を選んでかけてくるという周到さ。言うまでもなく、告発の内容は悪意に満ちたものでした。

誹謗告発の背景

この不況の時代でも、すばらしい指針をもってがんばっておられるドライブインやホテルもあります。そういうところは、会長をはじめ社長や副社長、中間管理職もみな人を大切にする方々ばかりです。また、従業員の教育も行き届いていて、安心してお客様をご案内できます。ですから、私がお客様を入れたとき従業員の態度が悪い場合などは、その場で注意もさせていただきました。

たとえば、お客様が着いて社員添乗員がくつろいでいるとき、ちょっと顔を出して挨拶をすることで、ガラッと印象が変わります。それを、「今日は担当者がいないから」とか、「ぼくはここの担当ではないから」などと言って、しようとしない場合、私は「担当者でなくても、ちょっと顔を出してください」ときつく言います。大した時間がかかるわけではないのです。歓待の気持ちがあるのなら、せっかくフリーでお立ち寄りされた旅行業者には、それを素直に示すべきです。それが「もてなし」の基本というものではないでしょうか。

私は、自分が大切にしているドライブインやホテルには、もっと良くなっていただきたいと思っていたので、気がついたことは忌憚《きたん》なく申し上げてきました。「二度と客を連れてきたくない」と思ったら、何も言いません。そうしたドライブインでは、従業員の方々も私の気持ちをよく理解し、納得してくださっていたので、特に反発はありませんでした。それだけお互いに気持ちが通じ合っていたのです。

大手ドライブインやホテルの方々も、各エージェントと常にコンタクトを持つ努力をしています。お互いに高め合うための議論や情報交換が必要ですから、より親しくお付き合いすることになります。また、そうした中から深い信頼関係も培われていきます。

かつては、この観光業界で働く者として、全盛期のときも不況のときも、共に助け合い、語り合ってきた業界仲間は、多少の苦言を吐いても決して仲たがいしないだけの強い絆で結ばれていました。苦言は共存共栄のための建設的な助言であり、忠告であることを知っていたからです。互いに観光のプロとして、信念の歳月を過ごし合ってきたからこそ、黙っていても通じるものがあるのです。

誹謗告発のターゲットになる

そんなある日、全身から血の気が引くような出来事が起こりました。何者かが、私がこの15年以上、大変親しくし愛してきた業界関連会社の大手ドライブインの名を語り、信じられないような電話をしてきたのです。目的は私を陥れることでした。しかも電話がかけられた先は、私が契約している観光バスのオフィスではなく、親会社となっている路線バスの本社人事部でした。そこは観光とは接触がない部署なので、声だけでは相手が特定できないところです。

電話の内容は、私がその大手ドライブインでランチに出されたものをいただかず、別メニューのものを注文しているとか、休日にも我がもの顔で訪ねているといったたわいのないものでした。確かに、事実に近いものではあっても、意味合いを変えて表現し、色を塗られては、中身がまったく別物になります。ともあれ、人を陥れるのが目的の人にとっては、理由は何であっても構わないのでしょう。

しかし一方で、えたいのしれない人間の話に、何の疑いも持たずに同調されたのではたまりません。これでは一生けんめい働いている者が、卑怯な人間のターゲットにされ、訳もわからないまま、どんどんつぶされていきます。

私は悔しさのあまり、不覚にも涙をこぼしてしまいました。自分が罠にかけられたことよりも、ビジネスを越えて長年信頼関係を培ってきたドライブインさんの名をあえて名乗り、悪用されたことが許せなかったからです。私個人のために、ドライブインさんにも申し訳なく思いました。

ホテルやドライブインと乗務員との付き合いは、決してリベートなどの利害関係だけではありません。確かに、ドライブインとリベートのみのお付き合いやまた色恋で付き合っているガイドがいるのも真実ですが、私は決してそうではありません。また、聡明な経営者はそういう付き合いをガイドといたしません。

特に私とそのドライブインとは、長年にわたって培ってきた信頼関係があったのです。経営者を含めて従業員さんとも心の通い合いを一番大切にしておりました。私が心から愛し信頼していた会社に対して、そういう人間関係をまったく知らない者が、いかにして私に濡れ衣を着せておとしめようか、それればかり考えて、こんな暴挙に出たのです。

2　逆境の中で見えてきたもの

共に過酷な時代を生き抜いた同志の思いやり

覆面さんの電話を受け取ったバス会社の対応とは対照的に、名前を使われた大手ドライブインさんの私に対する対応には、大変感銘を受けました。

そこの営業部長にお目にかかる機会があり、そのときにうかがったのですが、その会社では社員が集まる早朝会議で、統括部長が、

「君たちの中に、開さんを陥れるような電話をした者は本当にいないだろうな。もしいたとしたら、大変なことなんだよ。よくかみしめてくれ」

と何度も確認してくれたそうです。乗務員の世界の醜さを、こういう関係業者の会議の場にまで知らせる結果となりました。

「あのときはウチも大変でした。しかし、これだけは断言できます。開さんをそこま

で陥れるようなバカな従業員は、ウチには一人もいません。決してガイドを辞めないでください。相手の思うつぼですよ」

営業部長の真剣なまなざしから、誠意が痛いほど伝わってきました。社長、副社長ともに同じことをおっしゃいました。

営業部長のおっしゃる通りだと思います。従業員が自分の働いている会社の名前を名乗って、わざわざそんなことをするわけがありません。第一、そんなことをすれば、誰がしたのかすぐにバレてしまいますし、自分にとっても会社にとっても何の得にもならないことを知っているからです。

しかし、私が一番感動したのは、この一件を全体会議にまで持ち込んで社員一人ひとりに聞きただし、徹底的に調べてくれた会社の態度でした。

「ウチにはそんなバカな社員は絶対にいない。いるはずがない」と社員に絶対的な信頼を寄せることができるような社長以下、中間管理職の姿が、素晴らしい従業員を育てるのではないかと思います。

今回の一件はこのドライブインさんにとっても大変迷惑なものでした。なぜなら、ここは日本全国のあらゆる大手旅行会社と常にコンタクトを取り、密につながっている中継地点そのものなので、そのような噂は旅行会社に対して無用のマイナスイメージを与えることになるからです。

ともあれ、ドライブインのとった真摯かつ的確な対応は、バス会社の取った態度とは対照的なものでした。だからこそ、そのドライブインはこのような不況の時代においても発展し続けているのでしょう。これが本当の会社の姿だと思います。また、現在に至るまで、覆面さんの思惑をよそに、この会社と私の信頼関係は崩れてはおりません。

卑しい人間にだけはなりたくない

私を陥れた〝覆面〟さんは、おそらく卑しい心の人たちでしょう。だいたいの見当はついていますが、はっきりした証拠がないので、どうすることもできません。

覆面さんに言いたいのは、「挑むのなら、徒党を組まないで一人で正々堂々と立ち向かえ。トリックスター（ペテン師）の勝負は相手に対して失礼でしょう」ということです。彼らは、結託して私を陥れることに成功したとほくそえんでいるかもしれません。

しかし、いずれ必ず仲間割れを起こし、ボロが出てくるでしょう。〝秘密（悪だくみ）〟を墓場まで持って行けたら大したものです。

心豊かな人たちというのは、勝った負けたの世界では生きていません。戦うのではなく認め合い、それによって互いのレベルアップを図っているのです。

この一件について、何よりも強く思うのは、日々いろんなお客様と出会い、人間修行をさせてもらっているような仕事をしていながら、どうして人を平気で陥れることができるのかということです。こちらに学ぶ姿勢があれば、すばらしいお客様は見習うべき手本として、そうでないお客様は、「こういう風にはなりたくない」という反面教師として、教えられることがたくさんあるはずです。その中で、「人に対して、こんな言葉は使ってはいけないんだな」といったことぐらい学び取れるはずです。

ドライバーとガイドは、接客業のプロという意識の前に、職人気質が強いため、言葉の大切さに気づかないのかもしれません。

職人といえば、作家の永六輔さんが、その名も『職人』という自著の中で、

「人間、出世したかしないかではありません。卑しいか卑しくないかですね」

と述べていました。人間、卑しいか卑しくないかで、その価値が決まるというのです。私も完璧なガイドではありませんが、卑しい人間にだけはなりたくないと思っています。

宮本武蔵の精神で決断

覆面告発者の思惑を信じたバス会社に、私は悲しいものを感じました。私にもプライドというものがあります。結局、この会社でこれ以上仕事をしていくことはできないと判断し、そこを去りました。翌日までの決められた仕事をこなし、帰り際、もう仕事を続けられない旨をひと言だけ残して……。これが最後でした。それ以来、このバス会社からは一切のコンタクトもなく、私からもコンタクトをとっていません。

契約した会社に、「仕事はいりません」と自分から宣言することは、その日から収入がなくなることを意味します。人がパンを食うための手段をむしり取るのは、いたずらを通り越して立派な「犯罪」です。しかも、法に触れないギリギリの線の犯罪とわかっていてやるのは悪質きわまりないものです。法に触れなければ何をやっても構わないというのでしょうか。

言葉を売るこの世界で、言葉を武器にしたこのような〝闇討ち〟が横行するとは悲しい限りです。言葉は人を生かしも殺しもします。人には温かい言葉を贈り、自分もその言霊《ことだま》の恩恵を受けたいと思って、これまでこの世界でがんばってきました。その結果がこの結末とは……。

当初は名誉毀損《きそん》で訴訟を起こすことも考え、弁護士に相談もしました。また、このことは警察にも報告しました。しかし、電話をしてきた人間が特定できない以上、法的措置をとるには限界があります。

このとき注意を促した係長は、最後にこうも言いました。

「多分、犯人はドライブインさんではないでしょう。他の乗務員のクレームも、関係のない部署に（電話で）入っていますし。（覆面さんらは）どうも新しい風の人材を嫌う傾向があるようです」

禅に徹した宮本武蔵の強靭な精神は、

「我、ことにおいて後悔せず、善悪につき人を妬《ねた》まず」

という考えに立脚したものでした。

言葉を芸術として仕事をしてこられた、かつての名アナウンサー・鈴木健二さんは、そんな武蔵の生き様を手本にしたといいます。鈴木さんと同じように、武蔵の強い精神を見習いたいと思った私は、誹謗告発事件に自ら幕を引いたのでした。

「絶対許さない」と弁護士や警察のもとに走ったりもしましたが、自分がガイドとしてお客様にいつも案内していた武蔵の言葉、「我、ことにおいて後悔せず、善悪につき人を妬まず」を思い出し、その精神で、一度振り上げた刃を下ろし、冷静になって、契約した会社を自ら潔く去る決断をしたのでした。

3　試練は次なるステップのためのダイナマイト

自分のとった行動に悔いなし

このバス会社とのお付き合いは、１年数カ月で終わりましたが、私はこの会社を心から愛していました。素敵な仕事をさせていただき、素敵な出逢いをさせていただいたことに今でも感謝しております。長年、外注ガイドとして多くのバス会社を見てきた私が、〝日本一のバス会社〟、ブランドのバス会社と見込んだからこそ、また会社の指針に感銘し、ガイド稼業の晩年の安息地にしたいと思ったからこそ、契約に臨んだのでした。この会社でマイクを持ち、ステージに立てることを誇りに思っていました。しかし、私が愛し信頼していた会社で起きた出来事ゆえに、あえて潔く退く決断を下したのも事実です。

今振り返ると、この一件は、「天職」を断ちがたく、「転職」に躊躇《ちゅうちょ》と恐れをなしていた私の背中を、ドーンと最後の一押しをしてくれたようなものでした。人は人生の転機を考えていても、何かコトが起きないと新たなステップにはなかなか踏み出せないものです。その頃の私も、ちょうどそのような時期にありました。もやもやした気持ちを、この出来事が吹っ切ってくれたような気がします。トリックスターは、いわば恩人なのかもしれません。

私も子どもを持つ母親です。だからこそ、これまで決して弱みを見せない生き方をしてきました。自分の名誉を守るのに躍起となるあまり、時には攻撃的であったかもしれません。それがかえって噂の渦中に放り込まれる原因にもなったかもしれません。

しかし、私は自分のとった行動を後悔していません。これまで筋を通し、信念を曲げないガイド人生を送ってきてよかったと思っています。何よりも、仕事を通してさまざまなお客様と出会うことができて幸せでした。

私は専門バカで、ガイドの世界しか知りません。景気の低迷が依然として続く中、先のことを考えてトラバーユしていく仲間も多かったのですが、私はできませんでした。そうした仲間を見送りながらつくづく思ったのは、「私にはこれしかない。この仕事が好きなのだ」ということでした。私の人生の中で、自分がガイドをしてきたことは、いろいろな意味でとても役立っていると思います。ガイドとしての成長もありますが、何よりも人間として成長させていただいたのではないかと思っています。

人生における3種類の恩人

ある本によると、人生には3種類の恩人がいて、そういう人たちに支えられているのだそうです。

一つは、文字通り、人生で助けてくれた人。

二つ目は、「マイナスの恩人」といって、自分に対して否定的なことを言ったり、批判したりして、生きる妨げとなるような相手だそうです。その人のおかげで人生の新しい展開を迎えることができたりするので、苦々しく思ったりせず、感謝すべきだそうです。

三つ目は、陰に隠れてこっそり援助の手を差し伸べてくれる人だそうです。

これら3種類の恩人の存在に気づき、恩に報いるかどうかで人生が決まると、その本の著者は述べていました。

私が今、自分のマイナスの恩人に伝えたいことは、「与えられたピンチを最大の人生チャンスに変え、これからの飛躍のためのガイドブックにさせていただきます」ということです。さらに付け加えるなら、「本当に勇気と自信のある人は、闇から人を不意打ちし、その人の人格を全否定するようなことはしません。やるなら正面から正々堂々と立ち向かいます」ということです。

たとえ闇から、陰からの不意打ちであっても、良かれ悪しかれ、人間は常に陰の人の力に動かされています。その陰の力に感謝することができてこそ、「陰」に「お」を付け、「お陰様」と言えるそうです。反面教師となってくれた覆面さんにも、「お陰様」

の言葉を贈りたい。

人を陥れても、そこからは何も生まれてこないし、得るものもありません。むやみに競争し合うよりも協力し合うほうが、得るものも多く、はるかに建設的です。互いのレベルアップにもつながります。

私はこの出来事を重く真摯に受け止め、次のステップのためのダイナマイトにしようと考えました。恨みや報復を考えない。それが一つのことを貫いてきた人間の真のプライドだと思っています。

逆境の中で思ったのは、「人に同調して流されるのはたやすいが、あまりにも空しい」ということでした。職場などで自分の考えを述べると、たとえ正論であろうと〝反撃〟と取られて叩かれます。同調して流されるほうが、敵をつくらず、生きやすくもあります。それができる人が、いわゆる「世渡り上手」と言われる人たちなのでしょう。

しかし、それでは自分というものが無くなります。反撃ととられても、叩かれても、自分の考えをはっきり伝える。大変エネルギーのいることですが、人間として生きていくための技は身につきます。「今、何が得られるか」の発想で、これからも前向きに生きていきたいと思います。

ライオンは我が子を谷に突き落とすといいますが、一度ドン底まで突き落とされ、そこから這い上がった者には、過酷な試練の代償として強い生命力が与えられます。私もこの辛い体験から多くの宝物をいただきました。

たとえば、自分が目指す人がはっきり見えてきて、その人に近づきたいと思うようになったり、新たな山に登りたいという意欲が湧いてきたのです。目指す人に近づくとき、あるいは山に挑むときの喜びはひとしおです。それは谷底から這い上がった者にしかわからない喜びと言えましょう。

終章　花となれ、蝶となれ

私が憧れた「花蝶」の生き様

天職ともいうべきこの仕事を愛し、その醍醐味を十分に味わって生きてきただけに、かつての栄華の時代の仕事をなかなか忘れられず、まさに思い焦がれた男性を一日千秋の思いでひたすら待つ女性のように、一途に景気回復の活躍の場を待ちました。

さりとて仕事ならどんな仕事でもという気持ちにはなれず、仕事を値踏みしてはいけないのですが、できれば自分の価値観に合致した仕事を選んでしたいという気持ちの狭間で揺れてきました。年を重ね、経験を積むと、自分に合わない仕事はしたくなくなるのです。

そんな状況の中で憧れたのが、新橋花柳界一の芸者「花蝶」でした。何かの雑誌でふと目にとまったのがきっかけでした。最近も雑誌で見かけ、あわててメモをとりました。そこには、こう記されていました。

「花蝶とは、芸を磨き、着物に執着し、時代に精通しつつも楚々《そそ》と息をひそめ、ある時には権力者をもパチンと手の甲で払いのける。新橋一と言われつつも、その姿は限られた人にしか見せない芸者……」

あとで知りましたが、花蝶は実在の人物ではなく、理想の芸者像を具現化させた架空の女性です。しかし、芸人魂といいますか、その気風《きっぷ》の良さが私の心をとらえて離さないのです。

ガイドも芸人です。花蝶のように凛として潔く、しかも艶を失わず、自分にふさわしいと思う仕事だけを貫くことができたら、どんなに幸せでしょう。

私は花蝶の名を知ってからというもの、花柄とリボンのついた服を身につけ、花開き、実を結ぶことを願ったものです。花は目立たず、邪魔せず散って、血を流すこともありません。花蝶が着物に執着したように、私も花と蝶（リボン）のついた服に執着し、無言の中に私の思いの丈《たけ》が伝わることを願ったのでした。

「上京して新橋に泊まりたい。リボンのついた服を着て、かつて花柳界として賑わった新橋に宿泊し、48歳の誕生日を祝い、その日を人生のターニングポイントにしたい。そして、仕事でも人生でも実を結びたい」

そんな私の願いが天に通じたのでしょうか。48歳の誕生日にして初めて上京の機会に恵まれました。その年齢になるまで上京したことがなかったのは、九州を職域とする私にとって、上京の必要性がなかったことと、シングルの私が子どもをかかえて余暇を楽しむ余裕などなかったからです。

意識を変えてくれた東京の広大な景色

上京して私が宿泊したのは、ＪＲ新橋駅にほど近い新橋の第一ホテル東京でした。16階の窓から臨んだ景色に、私は思わず息を呑みました。見渡す限りの建物の海、巨大な街の広がり。山一つ見えません。関東平野の広大さを、初めて実感しました。

正面のその先には東京タワーがそびえ、六本木ヒルズのタワービルも見えます。右奥には新宿副都心の超高層ビル群、左奥にはわずかながら東京湾が見えます。

なんという開放感、なんという爽快感!!

巨大な都市は圧倒的なスケールで私に迫ってきました。その広がりをじっと見ているうちに、今まで悩み、苦しんできたことが嘘のように吹き飛んでしまい、片隅で一人くよくよしていたのがバカらしくなってきました。

ここは夜景もすばらしいのです。ロケーションの良さでは、東京のホテルの中でも屈指でしょう。決してゴージャスではないけれど、客をくつろがせる工夫が至るとこ

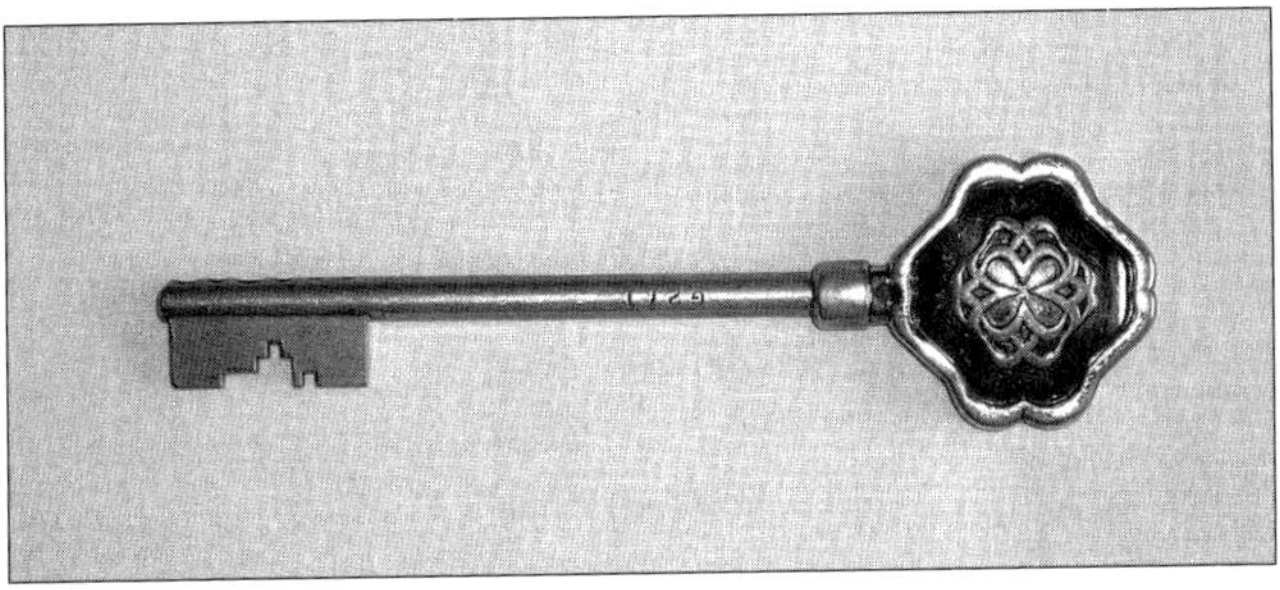

第一ホテル東京のルームキー

ろになされていて、見えないところにもさまざまな心遣いが感じられます。

たとえばルームキー。ここはいまだにオーソドックスなキーを使用しています。今は日本中どこもカードキーが主流になっていて、客もそれが当たり前のように思っていますが、アメリカやヨーロッパのホテルならともかく、やっぱり日本のホテルはオーソドックスなキーでなくてはと思います。こんなにお金をかけたキーをいまだに守り続けているところにも、このホテルの心意気のようなものを感じます。

「東京はコンクリート砂漠だ。東京の人は冷たい」などと言う人がいますが、それは東京をよく知らない人のでっち上げだと思います。自分の目で確かめもせず、間違った情報を鵜呑みにして、勝手なモノサシをつくっているのです。変なモノサシをつくっているのはガイドの世界も同じです。

私は仕事柄、いろいろなところに行ってきましたが、初めての上京でこの眺めを見たとき、「私はやっぱり東京が好きなんだ」と思いました。そして、「これが東京の玄関か。人間もこの街のような広い心を持っていたら、もっと自由に、もっと伸びやかに生きていけるだろう。私ももっと広い心と抽斗を持った人間になりたい」と心から思いました。

ここには、九州の片隅にいたのでは決して味わうことのできない安堵感があります。このホテルに何泊かし、また移動して他のホテルに泊まっているうちに、私の意識が変わっていくのが自分でもよくわかりました。

昔から大志を抱く人が東京を目指したのは、スケールの大きい人間と触れ合うことができるからでしょう。大きな街を見た人は、顔をしかめ、躍起となって人をダンピングしたり罵倒したりしません。広い視野を持って生きる人は、「あなたもOK、私もOK」の寛大な考え方ができます。

48歳の誕生日はまさに神様からのプレゼントのようなものでした。ご縁をいただき、このような機会をつくってくださった方（以前、私のバスに乗り合わせたお客様の一人）には心から感謝しています。自分に正直に、ひたむきに生きていると、神様は時として、このような〝粋なはからい〟をしてくださるのですね。その方が本当に神様のように見えました。

48歳にして初めての上京ではありましたが、それ以降は多くの学びを得るために、人の何倍も上京したものです。そのたびに必ずこのホテルに泊まっています。あいにく部屋が取れず、他のホテルに泊まったこともありましたが、そんなときはやはり後悔します。「花蝶」の魂と私の魂が呼応するのでしょうか、私は新橋のこのホテルが一番落ち着くのです。

原稿を書き上げた日に新橋のレストラン「花蝶」を訪れる

この新橋の第一ホテル東京からさほど遠くないところに、花蝶をイメージした料亭スタイルのレストランがあります。昭和2年から最近まで続いた同名の元料亭を改装したもので、舞台演出家の宮本亜門さんがプロデュースし、彼のお兄様が経営に当たっています。「数奇屋造りの料亭そのままに、往時の姿を現代によみがえらせ、そこに

花蝶の玄関

伝統と現代アートをコラボレーションさせるという大胆な企画を実現させたレストラン」として、マスコミにもしばしば紹介されている店です。
編集者との打ち合わせがすべて終了した日、私は彼女を誘って「花蝶」を訪れました。こんなにも憧れてきた花蝶です。その気風を何としても自分の目で確かめ、肌で感じて帰りたかったのです。
普段は予約が取りにくいと聞いていていましたが、幸運にもその日はたまたま個室が一つだけ空いていました。私の想いが花蝶に伝わったのでしょう。
玄関に一歩足を踏み入れると、そこ

は現代の喧騒を忘れさせる静寂の世界、艶やかさと妖しさが交錯する空間でした。玄関先で従業員の、

「いらっしゃいませ。ようこそお越しくださいました」

の言葉とともに、壁に掛けられた大きな蝶のオブジェに出迎えられ、仲居さんに導かれて照明をおとした廊下を少し行くと、いきなり山口小夜子さん（ファッションモデル）の顔写真のアップに出合います。花蝶を彷彿とさせる山口さんの妖艶なまなざしに見つめられながら、通された個室（和室にテーブルが置かれた和洋折衷の部屋）に落ち着きました。

　室内は茶室を思わせる簡素さで、さりげなく活けられた花が凛として、部屋の空気を引き締めていました。

　すぐ近くの築地市場から仕入れた新鮮な素材と、全国各地から取り寄せられた厳選素材を活かした創作料理は、見た目も美しく、お味も大変結構なものでした。お料理を堪能し、再び山口さんのまなざしに見送られてお店をあとにしました。

　帰り際にいただいたパンフレットには次のように書かれていました（一部抜粋）。

「そこはまるで芸者・花蝶が存在しているがごとく、店の設《しつら》えから、食器、料理……

全てにわたり、花蝶の艶っぽさや品の良さ、そして妖しささえも漂います。芸者、花街、花柳界……。その華やかなりし面影と料亭の風情を残しつつ、皆様を未知なる世界へと誘います。

……流行《うれ》っ妓《こ》の由、花蝶にお目通りはかないませんが、ぜひ一度お運びくださいませ」

まさにその通りの品格と風情を持ったお店でした。しばしの間でしたが、私が憧れる花蝶の世界に浸ることができて幸せでした。お店の人に、すぐ近くに亜門さんのお父様が経営している喫茶店があると教えてもらい、帰り途、そこにも立ち寄りました。

プリンを味わいながら原稿を書き上げた今この時、そのプリンのなめらかな舌ざわりを、自分の〝愛縁奇縁のガイド人生〟と重ね合わせ、東京を後にしました。

あとがき

私がガイドになったのは、ちょっとしたきっかけによるものでした。はじめからなりたくてなったわけではありません。

それは短大に入学した直後のことでした。母のふとした暴言が深く胸に突き刺さり、このまま学生生活を送ることはできないと進学を断念したのです。そして職探しをしているときに、たまたま出合ったのがこの仕事でした。

母は大変気性の激しい人で、私にとって怖い存在でしたから、面と向かって反発したり自己主張などできる相手ではありません。その反動でしょうか。かえってこの仕事に魅力を感じ、情熱を持って続けることができたように思います。

というのは、ガイドとして自分の思いをスピーチに込めて話すとき、その思いがお客様にも伝わり、喜んでいただけるからです。自分が認めてもらえたような気がして嬉しくなるのです。

相撲界で69連勝の記録を残した双葉山（大分県宇佐市出身）は、9歳のとき母を亡くし、父の会社倒産を機に、借金返済のために相撲の世界に入りました。決して好きで選んだ道ではなかったけれど、入った以上は大きくなりたいと努力を重ね、相撲界一の偉大な記録を残したのでした。引退後は相撲協会の理事長を務め、後進の育成に尽くしました。

彼がこれほど強くなったのは、決して自分の弱い部分を見せなかったからだそうです。そういう意味では、私も自分の弱点を人に見せまいと、必死にがんばってきました。その裏には母の助力もありました。母が子守りをしてくれたおかげで、何日も家をあけなければならないこの仕事を続けることができたのも事実です。かつてのバブリーな時代、外注ガイドは一歩家を出たら、トップシーズンは半月ほど戻れないのはザラでした。私の場合、子どもが3歳の幼稚園のときから、お遊戯会にも運動会にも、PTAすら顔を出したことがありません。それほど仕事がありましたから、女の細腕で子どもを育てることもできました。

私は仕事を通してたくさんの思い出をつくることができましたが、子どもにはつくってあげられなかったことを思うと、申し訳ない気持ちでいっぱいになります。取り返しのきかない空白の歳月を悔やむこともあります。ガイドという仕事は、周りを犠牲にする因果な仕事かもしれません。しかし、私にとって仕事は子どもと生活していくための糧であり、同時に生き甲斐でもありました。

母に育児の負担を負わせ、子どもには寂しい思いもさせましたが、子どもがいたからこそ、母がいたからこそ、生き馬の目を抜くようなこの業界で、今日まで筋と信念を貫いて働くことができました。母と子どもには感謝しなければなりません。この本は、そんな母と子どもに感謝を捧げるためのものでもあります。

紆余曲折を経たすえ、〝こころの本〟を多く手がけている「たま出版」より刊行できたことにも不思議な縁を感じています。たま出版の「たま」は「たましい」の「たま」だとうかがいました。「こころ（魂）維新」を誓った私の本が世に出るにふさわしい出版社ではないかと思っています。

この本の中には、これまで私が仕事を通して関わってきた方々に、仮名あるいはガイド、ドライバー、添乗員、チーフ、所長、係長・課長・部長といった職名で登場していただいておりますが、喜びも哀しみも、苦しみ、怒りも分かち合ってきた人たちです。この厳しい業界で、私を導き育ててくださった諸先輩であり、ともに学び合い、育ち合ってきたかけがえのない同志たちです。

私に対して大変厳しかった方々に対して、時として反感や反発を覚えたこともありましたが、学びのための糧を与えてくれたのだと、今は感謝の気持ちでいっぱいです。一方で、私が未熟だったばかりに、気づかないところで傷つけてしまった方々もいるかもしれません。そうした方々には心からお詫び申し上げたいと思います。

冒頭でも述べましたように、この本は私の30年にわたるガイド人生に一つの区切りをつけるためのものですが、同時に、現在私たちの業界が置かれている厳しい状況を一般の方々に少しでも知っていただきたいと願って書きました。

格安旅行全盛の今日、それを陰で必死に支えている者がいることを皆様に知っていただき、旅を見直していただくきっかけとなれば、この本の小さな使命も果たせたことになります。

最後になりましたが、「世のため人のために本を書きなさい」と、ポンと背中を押してくださった東京の会社の会長さんに心よりお礼申し上げます。

また、「真の意味での答えはクライアント自身の中にある」と教えてくださったCTIジャパンのリーダーの方々、スタッフ、そして私の伴走者となりともに歩んでくださったコーチにも心より感謝申し上げます。

編集・出版の労をとってくださった「たま出版」の方々、および写真の掲載を快諾いただきました第一ホテル東京さんとレストラン「花蝶」さんにも心より感謝申し上げます。皆様、ありがとうございました。

開さくら

付記‥

原稿の校正をすべて終えて、やっと枕を高くして眠れると思った日、かわいがっていた飼い猫の「チビ」が手術の甲斐なく、息を引き取りました。私も子どもも号泣し、執刀に当った獣医さんも一緒に泣いてくださいました。ここに書き添えるべきか迷いましたが、天に召されたチビの魂の安からんことを祈って、ひと言入れさせていただきました。

著者略歴

開 さくら（ひらき さくら）

母の厳しい一言によって進学を断念し、観光バスのガイドの世界に飛び込む。望んで始めた仕事ではなかったが、九州を中心に30年以上にわたって活躍するうちに、日本全国より訪れた方々との“愛縁奇縁”に触れ、人生の宝とも言うべき多くの学びを得てきた。

かつての双葉山がそうしたように、自分の弱点を人に見せまいと必死にがんばっているうちに、仕事の楽しさ・すばらしさを覚えるようになり、「これぞ我が天職」とまで思えるようになった。この仕事をしてきて本当に良かったと心から喜び、感謝している。

しかし規制緩和以降、この業界もすっかり様変わりし、多くの有能な仲間が去っていく中、天職断ちがたく、懸命にがんばってきたが、格安バーゲン旅行が全盛の今、ガイドとしての誇りを失わず、また従来の条件で仕事を続けることができなくなったため、現在、真剣に引退を考えているところである。そうした意味でも、この本は一つの墓碑銘でもある。

こころ維新～バスガイドは愛縁奇縁の人生旅行～

2007年８月25日　初版第１刷発行

著　者　開　さくら
発行者　韮澤潤一郎
発行所　株式会社たま出版
〒160-0004　東京都新宿区四谷4－28－20
☎03-5369-3051（代表）
http://tamabook.com
振替　00130-5-94804

印刷所　図書印刷株式会社

ISBN978-4-8127-0236-9 C0095